# 킹 오브 킹스

찰스 디킨스의 『우리 주님의 생애』

# 킹 오브 킹스

**찰스 디킨스** 지음 · **김성진** 편역

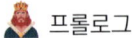 프롤로그

# 킹 오브 킹스

"그들이 어린 양에게 싸움을 걸 터인데, 어린 양이 그들을 이길 것이다. 그것은, 어린 양이 만주의 주요 만왕의 왕이기 때문이며,…"
- 요한계시록 17:14

그분은 마구간에서 태어나셨다. 그 누구도 그분을 맞이할 준비가 되어 있지 않았다. 세상은 여전히 제 갈 길을 바삐 걸었고, 예루살렘은 어김없이 잠들어 있었다. 그 조용한 밤, 별이 머문 그곳에서, 역사 전체를 뒤흔들 생명이 태어났다. 여인의 품에 안긴 아기는 수천 년이 흐른 뒤에도 여전히 사람들의 마음을 비추는 빛이 되었다. 그는 이 땅에 오신 왕이었고, 단 하나의 '왕중왕(King of kings)'이었다.

 예수라는 이름은 낯설지 않다. 수많은 언어로 번역되고 불려지며 노래·문학·예술·기도의 언어로 자리 잡았다. 오늘 우리가 그의 생애를 되새기려는 까닭은 단지 과거의 종교적 인물을 기념하기 위해서가 아니다. 세상의 가장 낮은 곳에 임하여 사랑과 용서로 모든 인간을 끌어안으신 그의 삶이야말로 우리가 가장 절실히 배워야 할 이야기이기 때문이다.

예수는 성대한 궁전에서 살지 않으셨다. 그에게는 보좌도 왕관도 금도 없었다. 그는 돌무더기에 앉아 말씀하셨고, 목마른 자들에게 물을 나누셨으며, 병든 자의 손을 잡고 고요한 눈빛으로 위로를 건네셨다. 수많은 군중 앞에서 기적을 행하셨지만 언제나 침묵 속에서 자신을 드러내지 않으셨다. 그의 나라는 세상의 나라들과 같지 않았고, 그의 권세는 칼이나 군대로 세워지지 않았다. 그의 권능은 자기를 내어주는 데 있었고, 그의 위대함은 보잘것없는 자를 먼저 돌보는 데 있었다.

그의 삶은 시작부터 끝까지 사랑의 연대기였다. 그는 어린아이들을 품에 안고 "저희와 같은 자가 하늘나라의 주인이라"고 말씀하셨고, 세리와 창녀와 병자 곁에서 거침없이 식탁을 나누셨다. 그는 바리새인과 율법학자의 비난 속에서도 자신이 믿는 정의와 자비를 굽히지 않으셨다. 세상은 그를 이해하지 못했고 결국 그는 모욕과 침묵 속에 십자가에 달려야 했다. 죽음에서 그는 인류 전체에 가장 깊고 위대한 사랑을 증명하셨다.

『킹 오브 킹스』는 크리스천뿐만 아니라 모든 이에게 열려 있는 이야기다. 신앙의 유무를 떠나 예수가 남긴 인간성과 사랑의 흔적을 통해 우리가 서로 대하는 방식을 돌아보게 한다. 어린이들을 위한 따뜻한 시선과 어른들이 몰입할 수 있는 깊이를 동시에 담아냈기에 신앙이 없는 이들에게도 삶의 의미를 되묻게 하길 바란다.

찰스 디킨스(Charles Dickens, 1812~1870)가 자신의 아이들을 위해 사랑으로 쓴 『우리 주님의 생애(The Life of Our Lord)』를 바탕으로 각색한 이 책은 사랑과 진실로 엮은 기억의 서사이다. 우리는 다시 물어야 한다. 누가 진정한 왕인가를. 힘과 권세는 사라지지만 용서와 희생, 자비와 소망은 영원히 남는다. 예수는 어떤 왕관보다 빛나는 가시관을 쓰셨고 어떤 왕좌보다 숭고한 십자가를 지셨다. 우리는 그에게서 진정한 왕의 형상을 본다. 인간을 위해 자신을 온전히 내어준 왕중왕의 모습을.

이 책을 펼치는 모든 이가 그의 삶을 따라 걷는 여정을 시작하기를 바란다. 그 길에서 우리가 잊고 지내던 사랑과 믿음의 본질을 되찾기를 바란다. 마침내 각자의 마음속에도 작고 고요한 왕국 하나가 피어나기를.

## 차례

**프롤로그_** 킹 오브 킹스 ················· 006

제1장_ 창조와 약속 ················· 015

제2장_ 수태고지와 탄생 ················· 019

제3장_ 목자들의 방문 ················· 025

제4장_ 성전 봉헌 ················· 029

제5장_ 동방 박사의 경배와 이집트 피신 ················· 033

제6장_ 성전의 소년 예수 ················· 038

제7장_ 세례 요한과 예수의 세례 ················· 042

제8장_ 광야의 시험과 제자들의 부름 ················· 046

제9장_ 첫 제자들과 가나의 혼인 잔치 ················· 050

제10장_ 성전 정화와 니고데모와의 대화 ················· 055

제11장_ 사마리아 여인과 관리의 아들 ················· 059

제12장_ 나사렛의 배척과 가버나움으로 이동 ················· 065

제13장_ 첫 제자 부름과 기적의 물고기 ················· 069

제14장_ 중풍병자를 고치시다 ················· 073

제15장_ 세리 마태를 부르시다 ················· 078

제16장_ 야이로의 딸과 혈루증을 앓던 여인 ················· 083

제17장_ 더 많은 치유와 가르침 ·············· 089

제18장_ 베데스다 연못의 기적과 안식일 논쟁 ·············· 094

제19장_ 씨 뿌리는 자의 비유와 안식일 논쟁 ·············· 100

제20장_ 산상수훈과 나병 환자 치유 ·············· 105

제21장_ 백부장의 종과 나인의 과부 아들 ·············· 110

제22장_ 오병이어의 기적 ·············· 114

제23장_ 물 위를 걸으시다 ·············· 119

제24장_ 이방 여인의 믿음 ·············· 123

제25장_ 제자도와 부자 청년 ·············· 127

제26장_ 여인들의 섬김과 마르다와 마리아 ·············· 131

제27장_ 기도하는 법을 가르치시다 ·············· 134

제28장_ 선한 사마리아인의 비유 ·············· 138

제29장_ 변화산 사건과 겸손에 대한 가르침 ·············· 142

제30장_ 어린아이들을 축복하시다 ·············· 147

제31장_ 잃어버린 것을 찾으시는 사랑 ·············· 150

제32장_ 열매 맺지 못하는 무화과나무의 비유 ·············· 153

제33장_ 돌아온 탕자의 비유 ·············· 157

제34장_ 수전절 논쟁과 생명의 말씀 ·············· 162

제35장_ 나사로의 죽음과 부활 ·················································· 167

제36장_ 예루살렘 입성 ································································ 173

제37장_ 성전 정화와 아이들의 찬양 ········································ 177

제38장_ 예루살렘에서 마지막 가르침 ······································ 181

제39장_ 최후의 만찬과 배신 예고 ············································ 187

제40장_ 겟세마네와 베드로의 부인 ·········································· 191

제41장_ 유다의 회한 ·································································· 197

제42장_ 빌라도와 헤롯의 심문 ·················································· 200

제43장_ 십자가형 선고와 조롱 ·················································· 205

제44장_ 십자가에 못 박히시다 ·················································· 209

제45장_ 십자가 하강과 안장 ······················································ 214

제46장_ 빈 무덤과 부활하신 예수의 나타나심 ······················ 217

제47장_ 엠마오로 가는 길과 도마의 믿음 ······························ 221

제48장_ 갈릴리 바다에서 나타나심 ·········································· 226

제49장_ 대사명과 승천 ································································ 232

**에필로그**_ 왕의 길을 따라 ······················································ 235

 제1장

# 창조와 약속

먼 옛날, 시계 바늘도, 연대도, 인간의 숨결조차 존재하지 않던 시절, 광대한 공허의 침묵을 뚫고 하나의 뜻이 세상을 감쌌다. 그분은 말씀하셨고, 말씀이 빛이 되었으며, 그 빛 아래 하늘과 땅이 생겨났다.

"빛이 있으라."

그 말씀이 떨어지자마자 찬란한 빛이 어둠을 갈라놓았고, 질서가 혼돈을 대신했다. 굽이치는 강과 솟구친 산, 찬란한 들꽃과 끝없는 바다, 그 모든 것은 장인의 손끝에서 탄생한 걸작처럼 정교하고 아름다웠다.

공중에는 날개 달린 생명체들이 노래하며 날았고, 깊은 물속에는 물고기들이 은밀히 유영했으며, 대지에서는 힘찬 짐승들이 뛰놀았다. 그러나 창조의 정점에는 한 존재가 있었다. 하나님은 흙으로 사람을 빚으시고 숨결을 불어넣음으로써 생명을 주셨다.

"우리가 우리의 형상을 따라 사람을 만들자."

그리하여 아담이 태어났고, 그에게는 이브라는 동반자가 주어졌다. 둘은 에덴이라는 완전한 동산에서 걱정도 근심도 없이 살았다. 그들의 삶

은 황금시대 자체였다.

아담은 이브의 손을 잡고 말하였다.

"이 모든 것이 우리를 위해 마련되었다니 믿을 수 없어. 이곳에선 바람조차 노래를 부르는 것 같아."

이브는 미소 지으며 대답했다.

"우린 이 모든 것의 주인이에요. 당신과 나, 함께라면 두려울 게 없어요."

정원으로 스며든 낮고 간교한 속삭임이 그들의 귀를 어지럽혔다.

"정녕, 하나님이 너희에게 동산 모든 나무의 열매를 먹지 말라 하시더냐?"

사탄은 뱀의 혀로 진리를 비틀었고, 그들은 망설임 끝에 금단의 열매를 입에 대었다.

그 순간 한 시대가 끝났다. 죄가 세상에 들어오고, 죽음이 인간의 그림자로 드리웠으며, 영원한 낙원은 문을 닫았다. 그분, 곧 모든 것을 창조하신 하나님은 그들을 단죄만 하지는 않으셨다. 그분은 사랑으로 기억하시며 약속하셨다.

"여자의 후손이 뱀의 머리를 상하게 하리라."

약속은 오랜 세월 동안 전해졌다. 바람 따라 퍼지고, 불빛처럼 흔들리며 사람들의 가슴속에 간직되었다.

아브라함, 그 믿음의 사람은 한밤중의 고요 속에서 하나님의 음성을 들었다.

"아브라함아."

"예, 여기 있나이다."

"너는 나의 친구이니라. 너를 통해 한 민족이 일어날 것이며, 너의 자손을 통해 땅의 모든 민족이 복을 받으리라."

유대인이라는 민족이 그의 후손에게서 시작되었다. 세월이 흘러 다윗이라는 소년이 들판에서 양을 치며 하나님을 노래했다.

"여호와는 나의 목자시니, 내가 부족함이 없으리로다."

그는 음악으로 하나님을 찬양했고, 결국 왕이 되어 백성을 다스리게 되었다. 그의 왕위는 비단 왕관이나 금으로 된 홀보다도 하나님의 약속으로 더욱 영광스러웠다.

"내가 네 집을 세우리니, 네 후손이 나의 왕좌에 앉게 되리라."

약속은 하루아침에 실현되지 않았다. 세기는 돌고, 왕조는 무너지고, 백성은 흩어졌다. 그들은 기다렸다. 어떤 이들은 희망을 버리지 않았고, 어떤 이들은 기다림에 지쳐 외면했다.

그럼에도 하나님은 결코 잊지 않으셨다.

"때가 차매 내가 나의 아들을 보내리라."

마침내 그분은 오셨다. 겸손한 자의 모습으로, 어두운 세상에 빛으로. 약속하신 대로 주님은 우리 가운데 오시어 사람들과 함께 거하시게 되었다.

제2장

# 수태고지와 탄생

그날 세상은 여느 때와 다르지 않게 고요히 흘렀다. 나사렛의 언덕은 햇빛에 졸고 있었고, 돌길 위에는 목동들의 발자국만이 희미하게 흘렀다. 그러나 하늘의 일은 땅의 시간과는 다른 박자로 움직였다.

하나님께서는 당신의 천사 가브리엘을 택하셨다. 가브리엘의 날개는 바람처럼 희고 눈동자는 별빛처럼 빛났다. 그는 인간의 시간 속으로, 나사렛이라는 작은 마을로 내려갔다. 그의 발걸음은 조용했으나 그가 가져온 소식은 세상의 가장 깊은 어둠을 밝히는 불꽃이었다.

그가 다가간 이는 마리아라는 처녀였다. 그녀는 고요한 눈빛과 겸손한 마음을 지닌 이로, 이웃 사이에서도 두드러지지 않는 조용한 인물이었다. 그녀가 창가에서 실을 감고 있을 때 빛처럼 나타난 가브리엘이 말을 건넸다.

"두려워 말라, 마리아여. 하나님께서 너를 깊이 사랑하시며, 너는 그분의 은혜를 입은 자이니라."

마리아는 놀라움에 손을 멈췄다. 빛나는 존재의 말을 완전히 이해할

수는 없었으나 마음 어딘가에서 잔잔히 울려 퍼지는 평화를 느꼈다.

"보라, 네가 잉태하여 아들을 낳을 것이요, 그 이름을 예수라고 하라. 그는 위대하게 될 것이며, 지극히 높으신 이의 아들이라 불릴 것이다."

그녀는 숨을 가다듬으며 입을 열었다.

"나는 남자를 알지 못하는 처녀입니다. 그런 일이 어찌 제게 있을 수 있습니까?"

천사는 부드럽게 대답했다.

"성령이 네게 임하시고, 지극히 높으신 이의 능력이 너를 덮으시리라. 그러므로 네게 태어날 거룩한 이는 하나님의 아들이라 일컬어질 것이다."

마리아는 한동안 말이 없었다. 그러나 눈빛 속에서 불안이 사라지고 담담한 결의가 피어올랐다. 그녀는 고개를 끄덕이며 말했다.

"나는 주의 여종입니다. 말씀하신 대로 저에게 이루어지기를 원합니다."

천사는 바람결처럼 떠났고, 방안은 다시 적막해졌지만, 적막 속에는 전에 없던 신성한 떨림이 고요히 머물렀다.

그 무렵 마리아와 혼인을 약속한 요셉 역시 깊은 혼란 속에 있었다. 마리아가 잉태했다는 말을 들었을 때 그의 마음은 무너졌다. 그는 마리아를 해치고 싶지 않았다. 조용히 관계를 끊을 결심을 하고 밤잠에 들었는데 꿈속에서 천사의 음성이 울렸다.

"요셉, 다윗의 자손이여. 네 아내 마리아 데려오기를 두려워 말라. 그에게 잉태된 자는 성령으로 된 것이니라. 아들을 낳으리니 너는 그의 이름을 예수라고 하라. 그가 자기 백성을 죄에서 구원할 자이기 때문이니라."

요셉은 아침 햇살을 받으며 잠에서 깨어났다. 그날부터 그는 마리아와 함께 하나님의 약속을 품은 삶을 살아가기로 결심했다.

세월은 흐르고, 로마 황제 아우구스투스는 인구 조사의 칙령을 내렸다. 모든 사람은 자신의 본적지로 돌아가야 했다. 요셉과 마리아는 조상의 고향인 베들레헴으로 가려고 길을 나섰다. 길은 먼지투성이였고, 밤마다 찬 바람이 옷깃을 파고들었지만, 두 사람은 묵묵히 걸었다. 마리아의 배는 불렀고 요셉의 눈엔 걱정이 어렸다.

"괜찮겠소, 마리아? 오늘 안으로 마을 어귀에는 닿을 수 있을 거요."

마리아는 피곤한 얼굴에도 미소를 지으며 대답했다.

"그분이 우리와 함께하시니 괜찮아요."

베들레헴에 도착하니 마을은 인산인해였다. 방은커녕 마실 물도 구하기 어려웠다. 여관 주인들은 고개를 저었고, 문 앞에서 잠든 사람들도 적지 않았다. 그들이 발길을 멈춘 곳은 짐승들이 몸을 누이는 마구간이었다.

그 밤에 별들은 더욱 밝게 빛났다. 그 겸손한 곳에서 세상의 모든 어둠을 밀어내는 빛이 태어났다.

마리아는 숨을 고르며 아기의 얼굴을 들여다보았다. 조용한 마구간, 따뜻한 짚더미, 짐승들의 숨결이 희미한 김을 뿜었다. 그녀는 준비해온 옷가지로 아기를 정성스레 감쌌다.

"어서 오세요, 나의 사랑. 당신은 우리가 얼마나 기다린 희망인지 모를 거예요."

그녀는 구유에 아기를 눕혔다. 그곳은 요람도 비단도 없었지만, 하늘은 그 순간을 기억하며 별을 더욱 반짝이게 했다.

요셉이 속삭였다.

"그분이 약속하신 아이… 드디어 오셨군요."

세상은 바뀌었다. 변화는 조용히 시작되었고, 밤은 다시는 예전과 같지 않았다.

그날 밤, 구유에 누운 아기 예수,

그 이름이 곧 구원이 되리라.

## 제3장
# 목자들의 방문

차가운 겨울바람이 베들레헴 언덕을 휘돌던 밤이었다. 들판은 은빛 서리로 덮였고, 바스락거리는 풀에는 어둠과 정적만이 내려앉았다. 고요한 침묵을 지키던 목자들이 있었다. 그들은 누추하지만 진실된 사람들로 날카로운 늑대 울음에 언제라도 뛰어들 준비가 되어 있었고, 양 떼를 지키기 위해 두 눈을 부릅뜬 채 모닥불 옆에 앉아 있었다.

그날 밤 그들의 삶을 뒤바꿀 일이 일어났다.

하늘이 찢기듯 열리고 눈부신 광채가 칠흑 같은 밤을 삼켰다. 광명의 심장에서 한 천사가 내려왔고 주위는 세상의 어떤 불빛보다 밝았다. 하늘의 정적은 깨어졌고 두려움은 목자들의 얼굴에 얼음처럼 내려앉았다. 그들은 떨며 뒷걸음질쳤다. 누구도 말할 수 없었고 누구도 그 시선을 피할 수 없었다.

천사는 부드럽고도 단호한 목소리로 말했다.

"두려워 말라. 보라, 내가 너희에게 전하는 소식은 모든 백성에게 큰 기쁨이 될 것이다. 오늘 다윗의 동네에서 너희를 위해 구주, 곧 주 그리스도께서 태어나셨다. 너희는 아기가 포대기에 싸여 구유에 누워 있는 것을 보게 되리라. 그것이 너희를 위한 표징이다."

그 순간 하늘이 다시 열렸고, 수많은 천사들의 목소리가 계곡을 메웠다. 인간의 언어로는 흉내 낼 수 없는 음율이었다. 영혼을 울리고 마음을 휘감는 노래는 이렇게 울려 퍼졌다.

"지극히 높은 곳에서는 하나님께 영광이요, 땅에서는 그의 기뻐하심을 입은 사람들 중에 평화로다."

그들은 서리꽃이 사라지듯 하늘로 다시 스며들었다.

목자들은 아무 말 없이 그 자리에 한동안 서 있었다. 눈빛에는 믿을 수 없는 감동과 이해할 수 없는 경외심 그리고 뜨거운 기쁨이 뒤섞여 있었다. 마침내 한 명이 숨을 내쉬며 외쳤다.

"베들레헴으로 가자! 주께서 우리에게 이 일을 알리셨으니 가서 그 아기를 보자!"

그들은 주저하지 않았다. 허름한 옷자락을 걷고 서둘러 언덕을 내려갔다. 굽이진 길과 자갈투성이 거리 끝 마구간 앞에 다다랐다. 그 안에서 젊은 여인과 묵묵한 남자 그리고 그들 사이에 구유에 누운 갓난아기를 보았다.

그들은 작은 불빛 아래 눈물을 머금은 채 바라보았다. 그 아기는 왕관도, 비단도 없이 단지 헝겊에 싸여 말과 나귀의 숨결 속에 조용히 잠들어 있었다.

목자들은 알았다. 그분은 왕이셨다.

그들은 무릎을 꿇고 아기를 찬양했고, 오랜 친구를 만난 듯한 기쁨으로 그 장면을 마음에 새겼다. 그들은 들로 돌아가며 만나는 사람마다 붙잡고 이야기했다. 천사들이 말해준 것, 그들이 본 것, 무엇보다 느낀 것을.

세상은 조용히 바뀌고 있었다.

하나님의 아들이 가장 낮고 가난한 곳에서 우리 모두의 구원으로 오셨기 때문이다.

 제4장

# 성전 봉헌

예루살렘 성전의 아침은 평소보다 한결 더 조용하고 경건한 분위기였다. 햇살은 대리석 기둥 사이로 은은히 내려앉았고 희끄무레한 향내가 공기를 천천히 채웠다.

마리아와 요셉은 아기를 안고 조용히 그 안으로 들어섰다. 아이는 이제 6주가 되었고 이름은 예수. 마리아는 천사의 지시대로 이름을 지었다. 짧고 소박하지만 세상을 뒤흔들 힘이 담긴 이름이었다.

그들은 비둘기 두 마리를 감사의 제물로 드렸다. 부유하다면 어린 양을 바쳤겠지만 젊은 부부는 가진 것이 많지 않았다. 그러나 그들의 마음은 맑고 순결했다.

그때 성전 한쪽에서 지팡이를 든 노인이 다가왔다. 그의 이름은 시므온이었는데 오랜 세월을 경건함으로 살아온 사람이었다. 그의 눈은 세월의 주름 속에서도 맑았고 그의 심장은 하나의 약속을 품고 있었다.

그는 언젠가 주님의 약속을 들었다.

"네가 주의 그리스도를 보기 전에는 죽지 않으리라."

하나님의 성령이 그에게 속삭였다.

그 아이가 여기에 있다. 바로 그분이다.

시므온은 젊은이처럼 힘차게 걸음을 옮겼다. 마리아와 요셉 앞에 멈춰 선 그는 조심스럽고도 단단한 팔로 아기를 안았다. 그의 눈동자가 떨렸다. 오래 기다렸던 감동이 가슴에서 터져 나왔다.

"주여, 말씀하신 대로 종을 평안히 떠나가게 하소서. 내 눈이 주의 구원을 보았나이다. 모든 민족을 비추는 빛, 주의 백성 이스라엘의 영광이 여기에 있습니다."

마리아는 조용히 숨을 들이켰고, 요셉은 손을 모은 채 깊은 존경을 표했다. 시므온의 눈빛은 슬그머니 마리아에게로 향했다. 그의 목소리는 낮았지만 미래를 꿰뚫는 바람처럼 묵직했다.

"이 아이로 말미암아 많은 사람이 넘어지고 또 일어나게 되리이다. 어떤 이들은 그를 거스릴 것이다. 마리아, 당신 마음에도 칼이 찌르듯 아픔이 스치리이다. 많은 사람들의 생각이 이 아이 앞에서 드러날 것입니다."

마리아는 그 말을 곱씹으며 아기를 꼭 껴안았다. 어딘지 모르게 차가운 기운이 스쳤지만 그녀는 아무 말 없이 하늘을 바라보았다.

또 다른 인물이 나타났다. 성전의 한쪽 기둥 아래에서 조용히 다가온 이는 안나였다. 팔십을 훌쩍 넘긴 선지자였으며, 남편이 세상을 뜬 뒤 오랫동안 성전을 떠나지 않고 금식하며 기도해온 여인이었다.

그녀는 시므온이 안고 있는 아기를 보는 순간 가슴 깊은 곳에서 무언

가가 타올랐다. 아니, 누군가가 그녀에게 속삭였다.

"이분이시다."

그녀는 두 손을 들어 하나님께 감사의 찬양을 드렸다.

"오, 주여! 이 아기는 약속된 자, 당신의 백성을 구원하러 오신 분입니다!"

그녀는 성전에 머물던 모든 사람들에게 소식을 알렸다. 해묵은 기다림 끝에 이제야 밝아온 아침처럼 그녀는 기쁨과 눈물을 쏟으며 외쳤다.

"그리스도께서 오셨도다! 우리를 위해 오셨도다!"

그날 성전에서 울려 퍼진 외침은 이전엔 누구도 듣지 못한 그러나 누구도 잊지 못할 선포였다.

가난한 부부, 한 아기, 두 노인.

그리고…

하늘의 약속이 땅에 도달한 순간이었다.

### 제5장

# 동방 박사의 경배와 이집트 피신

온 세상이 어딘가에서 태어날 구원자를 기다리던 시절이었다. 도시와 들판, 왕궁과 시장 어디에서든, 사람들은 무거운 짐처럼 진실을 찾아 헤매었다. 그리고 그것은 하늘에서 시작되었다. 낯설고도 찬란한 별 하나.

먼 동쪽 하늘의 비밀을 연구하던 지혜로운 이들이 있었다. 별의 행방에 통달한 그들은 오래된 예언의 문장을 따라 별을 관찰하던 중 유대 땅 위로 떠오른 새 빛을 보았다. 그들이 본 적 없는 별이었다. 그것은 어둠 속에 던져진 구원의 횃불처럼 또렷하고 맑게 빛났다.

그들은 주저하지 않았다. 무거운 천과 기름을 두른 낙타 등에 올라타고 금빛 사막을 넘어 유대 땅으로 나아갔다. 낮에는 태양이 불타는 모래를 태웠고 밤이면 별의 침묵 아래에서 조용히 앞으로 나아갔다. 마침내 예루살렘에 당도했다.

그곳 거리에서 사람들에게 물었다.

"유대인의 왕으로 나신 분은 어디 계신가? 우리가 동방에서 그의 별을 보고 그에게 경배하러 왔다네."

이 소문은 곧 예루살렘 왕궁의 어두운 구석까지 닿았다.

헤롯. 그는 날카로운 시선과 짙은 불신으로 권력을 움켜쥐고 있던 사내였다. 구세주의 탄생이란 말은 그에게 구원이 아닌 파멸의 예고였다. 그의 눈은 흔들렸고 말은 억눌린 분노를 품고 날카로워졌다. 그는 제사장들과 율법학자들을 불러들였다.

"그리스도라는 자는 어디에서 태어난다 하였느냐?"

"주여, 예언서에 따르면 그분은 유대 땅 베들레헴에서 태어나신다고 하옵니다."

그 말이 끝나자 헤롯은 동방에서 온 사람들을 불러 별이 처음 나타난 시간을 묻고 그들을 베들레헴으로 보냈다. 그의 목소리는 다정했지만 눈빛은 그렇지 않았다.

"그 아이를 찾아보시오. 찾으면 나에게 알려주시오. 나도 그에게 경배하고 싶소."

그러나 그 말 속에 감춰진 뜻은 무섭도록 다른 것이었다.

박사들은 별의 인도를 받아 베들레헴으로 향했다. 그들은 별이 앞서가다가 마침내 한 집 위에 멈추는 것을 보았다. 그곳 겸손한 지붕 아래 아기와 마리아가 있었다.

그들은 말없이 무릎을 꿇고 아기 앞에 머리를 조아렸다. 그들의 눈은 따뜻했고, 그들의 손은 귀한 선물을 풀었다. 황금, 유향, 몰약.

그날 밤 박사들 가운데 한 사람이 꿈에서 하나님의 음성을 들었다.

"헤롯에게 돌아가지 말라. 다른 길로 가라."

그들은 말없이 짐을 꾸렸고 다른 길을 따라 고요히 사라졌다.

그들이 떠난 직후 또 다른 꿈이 요셉을 찾아왔다. 주님의 천사가 밤의 침묵을 뚫고 속삭였다.

"일어나라. 아기와 그의 어머니를 데리고 이집트로 도망하라. 헤롯이 아기를 찾고 있다. 그를 죽이려 한다."

요셉은 망설이지 않았다. 어둠이 채 걷히기 전 마리아와 아기를 데리고 길을 떠났다. 바람은 거셌고 마음은 무거웠으나 아들을 품에 안고 걸음을 멈추지 않았다.

뒤늦게 박사들이 돌아오지 않음을 안 헤롯은 분노로 떨었다. 왕궁의 기둥이 분노에 부서질 듯 울렸다.

"두 살 이하의 아기를 모두 죽여라! 베들레헴과 그 주변까지, 빠짐없이."

사악한 명령이었다. 피비린내 나는 칼날은 젖먹이 아기들에게 향했고, 울부짖는 어머니들의 외침이 마을을 가득 메웠다. 아기 예수는 거기 없었다. 이미 이집트 땅의 어딘가에서 작은 심장은 여전히 조용히 뛰고 있었다.

시간이 흘러 헤롯은 죽었다. 그의 이름은 증오 속에 남았고 권좌는 바람처럼 사라졌다. 그날 밤 또다시 천사가 요셉의 꿈에 나타났다.

"이제 돌아가라. 아기를 데리고 이스라엘 땅으로 돌아가라. 아기를 해치려던 자들이 죽었다."

요셉은 아기와 마리아를 데리고 다시 길을 나서 갈릴리, 나사렛의 언덕 아래 정착하였다. 작은 집, 소박한 나날, 그 안에는 온 세상의 소망이 자라고 있었다.

제6장

# 성전의 소년 예수

아기는 자랐다. 이름은 예수. 작은 손에 들린 세상은 그의 성장과 함께 점점 더 밝아졌고, 눈빛에는 나이에 어울리지 않는 깊은 지혜가 깃들였다. 그는 강건해졌고, 사람들을 향한 따뜻한 애정과 놀라운 통찰력으로 빛났다. 하나님의 은혜가 봄날의 햇살처럼 소년의 이마에 머물렀다.

그가 열두 살이 되던 해 마리아와 요셉은 예수의 손을 잡고 예루살렘으로 향했다. 해마다 찾아오는 유월절 때문이었다. 성스러운 기억을 품은 절기, 조상들이 이집트에서 해방되던 밤, 죽음이 문설주를 지나친 사건을 기리는 날이었다.

그날 밤 도시는 양고기와 포도주 향으로 가득 찼고, 좁은 골목과 돌길에는 노랫소리와 기도소리가 흘러나왔다. 예수는 말없이 모든 것을 눈에 담았다. 그에게 예루살렘은 단지 도시가 아니었다. 질문이 가득한 성전이자 진리를 향한 문이기도 했다.

절기가 끝나고 마리아와 요셉은 북쪽의 갈릴리를 향해 발걸음을 돌렸다. 순례자들 사이에서 예수가 어딘가에 있으리라 믿었다. 밤이 되고 해가 산등성이 너머로 사라지자 마리아는 불현듯 아이가 없다는 사실을 깨달았다. 가슴은 철렁 내려앉았고 두려움은 파도처럼 그녀를 삼켰다.

그들은 사람들에게 묻고 무리를 헤치며 예수를 찾아 예루살렘으로 돌아갔다. 도시의 모든 거리·골목·상점·회당을 헤맸다. 사흘째 되는 날 마침내 성전 한 귀퉁이에서 그를 발견했다.

소년은 제사장들과 율법학자들 사이에 앉아 있었다. 그는 조용히 그들의 이야기를 들었고 고개를 끄덕이기도 하고 맑고 단단한 음성으로 질문을 던지기도 했다. 그의 눈빛은 무언가를 꿰뚫고 있었고 입가엔 고요한 미소를 머금었다. 그의 말 한 마디 한 마디는 하늘에서 내려온 이슬처럼 맑고 선명했다. 학자들은 그를 바라보며 경이로움에 숨을 삼켰다.

마리아는 가슴이 벅차오르면서도 참을 수 없는 안도와 꾸짖음이 뒤섞인 감정에 사로잡혔다. 그녀는 다가가 애타게 그를 끌어안고 말했다.

"애야, 네가 어찌하여 우리에게 이러했느냐? 아버지와 내가 근심하며 너를 찾아다녔단다."

예수는 고개를 들고 어머니를 바라보았다. 그의 목소리는 조용했지만 또렷했다.

"어머니, 어찌하여 나를 찾으셨습니까? 내가 아버지의 집에 있어야 함을 모르셨습니까?"

그는 자신이 누구인지 그리고 어디에 있어야 하는지를 알고 있었다. 그러나 그 말을 들은 부모는 다 헤아릴 수 없었다. 예수는 말이 없었다.

그날 이후 그는 부모와 함께 나사렛으로 돌아갔다.

그는 어머니 마리아와 아버지 요셉에게 순종했고 매일같이 마을 사람들의 삶을 도우며 자라났다. 길가에 떨어진 참새에게도 연민을 베풀었고, 돌멩이 사이의 꽃도 조심스레 피하게 하였다. 어머니는, 어느 날 갑자기 다시 이 마음을 꺼내볼 날이 오리라는 듯, 이 모든 일을 가슴 깊은 곳에 간직했다.

소년 예수는 다른 아이들처럼 뛰고 웃으며 자랐지만 내면은 조용한 호수처럼 깊었다. 그는 부모가 자녀에게 무엇을 기대하는지, 자녀가 부모에게 어떻게 응답해야 하는지를 말없이 보여주었다. 한없는 존경과 순종, 다정함과 지혜로 말이다.

## 제7장

# 세례 요한과 예수의 세례

열다섯 해가 흘렀다. 황량한 땅, 바람만이 길을 아는 광야에서, 요단강이 물소리를 내며 굽이쳐 흐르는 강가에 한 사람이 나타났다. 그는 오래전 예언자가 다시 살아난 듯한 형상이었다. 거친 낙타털 옷자락은 바람에 휘날렸고, 허리엔 오래된 가죽띠 하나가 그를 묶고 있었다. 그의 이름은 요한이었고 예수의 사촌이기도 했다. 그를 본 사람들은 단지 혈육이 아니라 시대의 양심이라 느꼈다.

요한은 외쳤다. 목소리는 사막을 가르고 메아리쳤으며, 사람들의 마음속 가장 깊은 죄의 침묵을 깨웠다.

"회개하라! 너희 죄를 뉘우쳐라! 하늘나라가 가까이 왔다! 선한 사람이 되어라!"

그의 삶은 단순하고 투명했다. 포도주의 향조차 입에 대지 않았고, 식사는 메뚜기와 들꿀로 족했다. 누구도 그를 화려하다 말하지 않았으나, 누구도 그를 가볍게 여기지 못했다.

사람들이 모여들었다. 예루살렘에서, 유대의 마을과 들판에서, 종려나무 그늘에서 속삭이던 죄인들도, 시장통에서 큰 소리치던 장사꾼들도 모두 요단강가로 향했다. 그들은 자신의 죄를 고백하고 눈물을 흘리며 물속으로 들어갔다. 요한은 그들 머리에 물을 붓고 기도했다. 물은 흘러가고 그들의 고백도 함께 흘러가 하나님의 자비 아래 잠겼다.

요한은 언제나 한 가지를 분명히 했다.

"나는 그가 아니다. 오실 이가 있다. 나는 다만 광야에서 외치는 자의 소리일 뿐. 그분의 신발끈을 풀 자격도 없다. 나는 길을 준비할 뿐이다."

조용한 아침이었다. 아침 안개가 요단 위를 감싸고, 새들이 이슬 맺힌 갈대 사이로 날아오를 무렵.

예수께서 그에게 걸어왔다.

요한은 그를 보자 마음이 흔들렸다. 어린 시절 함께한 기억, 그 눈빛 속에 깃든 평온, 무엇보다 그분 안에 깃든 깨끗한 영혼을 생각했다. 그는 조심스레 말했다.

"내가 당신에게 세례를 받아야 하거늘 어찌하여 당신이 내게 오십니까?"

예수께서 고요하고 단호하게 말씀하셨다.

"이리 하는 것이 옳다. 우리가 마땅히 모든 의를 이루어야 한다."

요한은 고개를 끄덕였다. 두 손으로 그를 강가로 이끌었다. 물결은 발목을 감쌌고 순종의 물결은 조용히 흘렀다.

예수께서 물에서 올라오신 순간 하늘이 그의 발걸음을 따라 열리는 듯했다. 구름이 갈라졌고, 빛이 비둘기처럼 내려와 그의 위에 머물렀다. 그

때 아무도 부정할 수 없는 목소리가 하늘에서 울려 퍼졌다.

"이는 내 사랑하는 아들이요, 내가 기뻐하는 자라."

요한은 떨리는 무릎으로 그 자리에 서 있었다. 하늘과 땅이 만나는 순간을 목도하며 그는 마침내 확신했다. 그토록 오랫동안 예언되고 기다려졌던 이, 그의 앞에 선 이가 바로 하나님의 아들이며, 그리스도라는 사실을.

제8장

# 광야의 시험과 제자들의 부름

예수께서 요단강에서 세례를 받으신 후 홀로 광야로 향하셨다. 태양은 무자비하게 내리쬐고, 땅은 갈라지고, 바람은 모래를 날렸다. 삶이 아닌 죽음을 속삭이는 침묵의 땅이었다. 그곳에서 그는 마흔 날 마흔 밤을 머무르셨다.

　그 누구도 그를 따르지 않았고, 그 어디에도 인간의 목소리는 들리지 않았다. 다만 그곳엔 악한 자, 마귀가 있었다. 이름도 형체도 없이 의심과 속삭임으로 찾아왔다. 그는 예수를 시험했다. 헛된 권세로, 허망한 유혹으로, 배고픔과 외로움과 의심으로 속이려 했다. 예수는 말씀이신 그분이셨기에 흔들리지 않으셨다. 그는 침묵 가운데 진리를 품었고 인내 속에서 신성한 강인함을 드러내셨다.

　마귀는 자취를 감추었다. 패배한 악은 고요 속에 흩어졌고 하늘은 다시 열렸다.

　예수께서 광야를 나와 요단강가로 돌아오셨다. 그곳에는 세례 요한이 서 있었다. 그 눈빛은 멀리서 다가오는 그분을 알아보았다. 요한은 옆에서 있던 사람들을 향해 손을 들어 말하였다.

"보라, 세상의 죄를 짊어진 하나님의 어린양이시다."

사람들은 요한의 말에 귀를 기울였다. 요한은 거기서 멈추지 않고, 자신이 어떻게 그분이 하나님의 아들이심을 알게 되었는지를 이야기했다. 그는 하늘에서 들려온 목소리와 비둘기처럼 내려온 하나님의 영을 보았다고 했다. 그것은 의심할 여지 없는 표징이었다.

다음 날, 요한은 제자 두 명과 함께 서 있었다. 두 사람은 그의 가르침을 따르며 진리를 갈구하던 자들이었다. 예수께서 조용히 그들 곁을 지나가셨을 때 요한은 다시 한번 말했다.

"보라, 하나님의 어린양이시다."

이 말을 들은 두 제자는 곧바로 예수를 따랐다. 그는 조용히 걸었고, 그들은 조심스레 그 뒤를 따랐다. 예수께서 돌아서 그들을 바라보셨다. 눈빛은 맑고도 깊었다. 그리고 말씀하셨다.

"무엇을 찾느냐?"

두 사람은 망설이다가 공손히 물었다.

"선생님, 어디에 머무십니까?"

예수께서는 고개를 끄덕이시며 말씀하셨다.

"와서 보라."

그들은 그가 머무는 곳으로 갔고, 그날 하루 내내 함께 머물렀다. 불안과 질문은 서서히 녹아내렸고, 대신 그들의 가슴속에는 새 희망의 불꽃

이 피어올랐다.

그들 중 하나는 안드레였다. 그는 감격에 겨운 채 곧장 형 시몬을 찾아가 말하였다.

"우리가 그리스도를 만났어. 하나님의 아들이야."

시몬은 놀랐지만 동생의 눈빛에 담긴 확신을 보고는 예수를 찾아갔다. 좋은 형제란, 진실한 이들을 형제로 둔 자란 언제나 그렇듯, 자신의 사랑하는 이가 진리를 알도록 돕는 이들이다. 그날, 한 사람의 순종에서 새로운 시대의 아침이 피어났다.

제9장

# 첫 제자들과 가나의 혼인 잔치

다음날, 그분은 갈릴리 땅에서 한 젊은이를 부르셨다. 이름은 빌립. 예수께서 그를 향해 손을 내밀며 말씀하셨다.

"나를 따르라."

그 말씀이 그의 심장을 울렸다. 빌립은 기다렸다는 듯 예수의 뒤를 따랐다. 그는 즉시 달려가 친구 나다나엘을 찾아갔다. 눈은 빛났고, 숨은 거칠었으며, 입가에는 말로 다할 수 없는 기쁨이 어렸다.

"나다나엘! 우리가 메시아를 찾았네! 모세가 율법에서 기록하고, 예언자들이 말한 그분 말이야. 바로 나사렛 출신 예수야!"

나다나엘은 눈살을 찌푸렸다. 한마디로 의심을 표했다.

"나사렛에서 무슨 좋은 것이 나올 수 있단 말인가?"

그 말엔 세상의 편견과 조소가 실려 있었으나, 빌립은 한 치도 흔들리지 않았다.

"와서 보라."

그의 음성에는 확신이 있었고 눈에는 깊은 사랑이 깃들였다. 그 어떤 설명보다 이 짧은 말이 모든 것을 말해주는 듯했다.

나다나엘은 결국 빌립을 따라갔고, 예수께서 그를 보시자 조용히 말씀하셨다.

"보라, 참된 이스라엘 사람이다. 그에게는 간사함이 없도다."

나다나엘은 놀라움을 감추지 못하고 물었다.

"어떻게 저를 아십니까?"

예수께서 빙그레 미소 지으며 대답하셨다.

"빌립이 너를 부르기 전, 네가 무화과나무 아래 있을 때 나는 너를 보았노라."

그 말씀은 나다나엘의 심장을 꿰뚫었다. 그 어떤 눈도 자신을 그렇게 멀리서 바라볼 수는 없었다. 오직 하나님의 눈길만이. 그제야 그는 무릎을 꿇고 떨리는 목소리로 고백했다.

"선생님은 하나님의 아들이시며 이스라엘의 왕이십니다."

그렇게 나다나엘은 다섯 제자 가운데 하나가 되었고, 예수는 요한·안드레·베드로·빌립·나다나엘을 데리고 요단강을 떠나 작은 마을 가나로 향했다.

사흘 후, 그곳에서 혼인 잔치가 열렸다. 해는 따스했고 공기는 희망으로 가득 찼다. 예수의 어머니도 거기에 있었고 예수와 제자들 또한 초대받았다. 잔치는 시작은 화려했으나 얼마 지나지 않아 문제가 드러났다. 포도주가 다 떨어진 것이다. 사람들은 당황했고, 분위기는 삽시간에 가라앉았다.

그때 예수의 어머니가 아들에게 다가가 말했다.

"그들에게 포도주가 없나이다."

예수께서는 가만히 어머니를 바라보시며 말씀하셨다.

"여인이여, 나와 무슨 상관있습니까? 아직은 내 때가 오지 않았습니다."

그녀는 아들의 마음을 알았다. 그의 손은 언제나 선을 베푸는 데 인색하지 않았고, 영혼은 자비로 충만했다. 그래서 하인들에게 당부했다.

"무엇이든 그가 말하는 대로 하여라."

그 집에는 유대인의 정결 예식에 쓰는 커다란 돌항아리 여섯이 있었다. 예수께서 하인들에게 말씀하셨다.

"항아리에 물을 가득 채우라."

하인들은 한마디 불평도 없이 항아리를 채웠다. 물은 항아리 끝까지 넘실댔다.

"이제 그 물을 떠서 잔치 책임자에게 가져다드려라."

하인들은 말씀대로 하였다. 잔치 책임자는 그것을 받아 들고 맛을 보았다. 그는 깜짝 놀라 눈을 동그랗게 뜨고 신랑을 불렀다.

"사람들은 좋은 포도주를 먼저 내놓고, 손님들이 취하면 그제야 질 낮은 것을 내놓지요. 그런데 당신은 지금까지 가장 좋은 포도주를 아껴두었군요!"

그 포도주는 이전 그 누구도 맛보지 못한, 향과 맛에서 완전한 술이었

다. 그 기적의 이면에 감춰진 진실은 오직 하인들과 제자들만이 알고 있었다. 그것은 예수의 첫 번째 표적이었으며, 제자들은 마침내 그가 누구인지를 마음 깊이 믿게 되었다.

왜 그분은 이 일을 행하셨을까? 그것은 단순한 기적이 아니었다. 자비의 행위요 신성의 증명이었다. 인간의 한계를 뛰어넘는 손길을 통해 예수는 조용하고 확고하게 말씀하셨다. 나는 하나님의 아들이다.

제10장

# 성전 정화와 니고데모와의 대화

예수께서 유월절을 맞아 예루살렘으로 향한 날 성전은 언제나 그랬듯이 사람들로 북적였다. 이곳은 단지 돌로 지어진 건축물이 아니었다. 하늘에 닿을 듯 높고 웅장한 성전은 하나님께서 거하시는 거룩한 장소였고, 매일같이 어린양이 제단에서 불태워져 백성의 죄를 씻는 신성한 의식이 거행되는 곳이었다. 어린양의 피가 그토록 귀중한 속죄의 상징이었으니, 세례 요한이 "보라, 하나님의 어린양이다"라고 외쳤을 때 그의 말에는 예수가 세상의 죄를 대신해 희생될 운명을 품은 구원자임이 담겼다.

신성한 장소에 들어선 예수의 눈빛은 단호했고 마음은 분노로 불타올랐다. 성전에는 소와 양, 제물로 팔려오는 비둘기들이 불안한 눈빛으로 주인을 기다렸고 그 곁엔 온갖 나라에서 온 돈을 바꾸는 상인들의 탁자가 즐비했다. 이방의 금화를 유대인의 화폐로 바꾸는 행위는 신성 모독이나 다름없었다. 신성한 제단 앞에서 하나님의 집에서 이런 일이 벌어진다는 것은 인간의 탐욕과 무지로 가득 찬 치욕이었다.

예수는 더는 참지 못하고 끈으로 만든 채찍을 휘둘렀다. 소와 양들은

흩어졌고, 돈 바꾸는 이들의 탁자는 뒤집혔다. 비둘기장에서는 비명과 함께 날갯짓이 일었고, 예수는 크게 외쳤다.

"이것들을 여기서 치워라! 내 아버지의 집을 장사하는 곳으로 만들지 마라!"

쫓겨난 상인들은 화가 치밀었지만 예수의 권위 앞에 감히 맞서지 못했다. 그 자리를 지키던 제사장들은 예수가 저지른 파격적인 행동에 불안해하며 다가와 물었다.

"당신이 이런 일을 할 권리가 있다는 표징을 보여라."

그들은 기적을 요구했다. 그들 눈에 예수의 권위가 무시무시한 도전으로 비쳤던 것이다. 예수는 그들에게 어떤 기적도 내놓지 않았다. 오히려 담담히 말했다.

"너희에게 주어질 유일한 표징은 이것이다. 너희가 나를 죽이면 사흘 후에 내가 다시 살아날 것이다."

그 말의 깊은 의미는 그들에게 닿지 못했고 어둠 속에서 맴돌았다.

예루살렘에는 니고데모라는 부유하고 존경받는 현자가 있었다. 그는 밤의 어둠을 빌려 조용히 예수를 찾아왔다. 낮에는 사람들의 시선과 비난이 두려워 감히 다가가지 못했던 것이다. 그 어둠 속에서도 예수는 니고데모에게 신비롭고도 귀한 가르침을 전했다.

"하나님이 세상을 너무나 사랑하사 그의 독생자를 보내셨다. 그를 믿는 자마다 멸망하지 않고 영원한 생명을 얻으리라. 내가 세상에 온 것은 세상을 심판하려 함이 아니오, 그를 통해 세상이 구원받게 하려 함이니라."

니고데모는 말씀을 곱씹으며 마음에 새겼다. 이 밤의 만남은 그의 영혼을 흔들었고, 그가 걸어가야 할 길을 밝히는 등불이 되었다.

### 제11장

# 사마리아 여인과 관리의 아들

예수께서는 도시의 소음과 복잡함을 뒤로한 채 병든 자들을 고치고, 눈먼 자들을 보게 하시며, 귀먹은 자의 귀를 열어 주시면서 이곳저곳을 쉼 없이 누비셨다. 그분의 걸음은 멈추지 않았고, 손길은 언제나 따뜻한 선의 빛으로 가득했다.

예수께서는 사마리아 땅에 이르셨다.

그곳은 유대인과 사마리아인 사이에 깊고도 아픈 골이 패인 땅이었다. 서로 간에 깊은 미움과 경계가 가득한 곳이었다.

예수는 달랐다. 그분의 마음은 온전히 사랑으로 가득했고, 선한 자든 악한 자든 가리지 않고 똑같은 사랑을 베풀었다. 그는 모두의 구원을 원했다. 하나님께서도 선한 사람과 의로운 자녀들을 더욱 사랑하셨지만, 예수께서는 편견 없이 모든 이에게 따뜻한 태양처럼 사랑을 내리셨다.

예수의 몸과 마음은 지쳤다. 가난한 자들을 가르치고 병든 자들을 돌보며 긴 여정을 걸어오셨기에, 그분은 사마리아의 오래된 우물가에 앉아 차가운 돌 가장자리에 몸을 기댔다.

제자들은 근처 마을로 음식을 사러 간 사이였다.

한 여인이 물동이를 이고 우물가로 다가왔다. 예수께서 조용히 말씀하셨다.

"마실 것을 좀 다오."

여인은 놀란 눈으로 대답했다.

"어찌 유대인인 당신이 사마리아인인 내게 마실 것을 청하십니까? 우리 유대인은 사마리아인과 섞이지 않습니다."

예수께서는 부드럽고 깊은 뜻을 담아 말씀하셨다.

"네가 만약 내게 마실 것을 청하는 이가 누구인지 알았다면, 오히려 네가 내게 생수를 달라고 간청했을 것이다."

여인은 고개를 갸웃하며 되물었다.

"당신은 물을 길 도구도 없고 우물은 매우 깊은데, 어떻게 생수를 얻을 수 있습니까? 당신이 우리 조상 야곱보다 위대합니까? 그가 우리에게 이 우물을 주지 않았습니까?"

예수께서는 한숨 섞인 음성으로 말씀하셨다.

"이 우물의 물을 마시는 자는 다시 목마를 것이다. 그러나 내가 주는 물을 마시는 자는 영원히 목마르지 않을 것이다. 그 물은 그에게 영원한 생명을 줄 것이다."

그 '생수'는 하나님의 은혜, 우리를 거룩하고 선하게 만드는 신성한 힘을 의미했다.

여인은 완전히 이해하지 못했다. 그래서 다시 간절히 청했다.

"내게 그 물을 주어, 내가 다시 이곳에 와서 물을 길 필요가 없게 하소서."

예수께서는 여인의 삶의 비밀까지 꿰뚫어 보셨다. 그녀가 온전하지 않음을 아셨고, 그녀의 과거와 현재 모두를 아셨다. 그리고 하나님에 관해 가르치셨다.

"하나님은 영과 진리로 경배되어야 한다."

여인은 기대 섞인 눈빛으로 말했다.

"나는 그리스도가 오시면 모든 것을 우리에게 알려주실 줄 압니다."

예수께서는 담담하고 확신에 찬 목소리로 대답하셨다.

"네게 말하는 내가 그이다."

여인의 얼굴에는 말로 다 할 수 없는 기쁨이 가득 번졌다.

그 순간 제자들이 돌아왔다. 그들은 예수께서 사마리아 여인과 대화하는 모습을 보고 놀라움을 감추지 못했다.

여인은 물동이를 버려두고 마을로 달려가 외쳤다.

"어서 오세요! 이분이 내가 만난 그분이에요! 우리에게 모든 것을 알려주실 분이에요!"

제자들은 예수께 음식을 건네며 간절히 말했다.

"선생님, 드십시오."

그러나 예수의 마음은 음식보다 더 큰 갈망에 사로잡혔다.

배고픔은 육체가 아니라 영혼의 허기였다.

여인은 마을 사람들을 데려왔고, 그들은 예수를 그리스도로 믿으며 함께 머무르기를 간절히 원했다.

예수께서는 이틀 동안 그곳에 머무시며 그들을 사랑으로 품었다.

교만한 유대인들이 외면했던 가난한 이들 곁에 머무르셨다는 사실은 얼마나 놀라운 일이었는가.

예수께서는 다시 가나로 향하셨다.

거기서는 어린 아들을 둔 부유한 관리가 절박한 얼굴로 예수를 찾아왔다. 그의 아들은 병들어 죽어갔기 때문이었다.

관리는 예수께 아이를 고쳐 달라고 간절하게 청했다.

예수는 곧바로 "네, 고쳐주겠다"라고 대답하지 않으셨다.

"너희는 표징과 기사를 보지 않고는 믿지 않을 것이다."

부유한 남자는 절박한 마음을 담아 다시 간청했다.

"선생님, 제 아들이 죽기 전에 와 주십시오."

예수께서는 그를 불쌍히 여기시며 눈길도 주지 않고 말씀하셨다.

"가라. 네 아들이 살아났다."

아픈 소년을 보지도 못했지만 남자의 믿음을 보았다. 그리고 그 믿음으로 병을 고치셨다.

관리는 예수의 말씀을 믿고 집으로 돌아갔다.

집에 도착하기도 전에 종들이 그를 맞아 말했다.

"아드님이 나으셨습니다."

아버지는 숨을 고르며 물었다.

"언제부터 나아지기 시작했느냐?"

종들은 대답했다.

"어제 일곱 시에 열이 내렸습니다."

그제야 아버지는 예수께서 말씀하신 바로 그 시간에 아들이 회복된 것을 깨달았다.

제12장

# 나사렛의 배척과 가버나움으로 이동

예수께서는 조용하고 단호하게 고향 나사렛으로 돌아오셨다. 그가 자라난 동네, 그의 손으로 나무를 다듬고 문지방을 고쳤던 골목들, 이웃들과 눈인사를 나누던 길거리에는 옛 기억들이 낮게 깔려 있었다. 아이 시절부터 그를 지켜본 마을 사람들은 이제 그가 어떤 소문과 이야기를 몰고 돌아왔는지를 알면서도, 어딘가 믿기지 않는 듯한 눈으로 그를 바라보았다.

안식일이 되자 예수께서는 회당으로 걸어 들어가셨다. 회당은 사람들로 가득 찼고, 이른 아침부터 모인 이들은 평소보다 더 웅성거렸다. 마을 사람들은 예수의 입에서 무엇이 나올지를 숨죽여 기다렸다. 그는 이 마을에서 무엇을 말할 수 있을까? 무엇을 보여줄 것인가?

예수께서는 조심스럽고 자연스러운 태도로 자리에 일어서셨고, 회당의 사제가 그에게 성경 두루마리를 건넸다. 사람들은 숨소리마저 죽인 채 그의 손끝이 두루마리를 펼치는 모습을 바라보았다. 예수께서 읽으신 구절은 이사야서였다.

"주님의 영이 내 위에 계시니, 이는 가난한 자에게 복음을 전하게 하시려고 나를 기름 부으시고…"

그의 음성은 낮았지만 단단했고, 부드럽지만 결기가 서렸다. 문장 하나하나가 공기 중을 떠돌며 사람들의 심장을 두드렸고, 회당의 벽 사이를 메아리처럼 울렸다. 그 말은 단순한 낭독이 아니었다. 선언이었고, 예언의 성취에 대한 선포였다.

예수께서는 천천히 흔들림 없이 말씀을 마치고 두루마리를 말아 사제에게 건넸다. 그리고 청중을 똑바로 바라보며 담담하게 선언하셨다.

"이 모든 말씀이 오늘, 바로 너희의 귀에 이루어졌다."

모두가 놀랐다. 회당은 한순간 정적에 휩싸였고, 사람들은 서로 얼굴을 마주보며 수군거렸다. 그의 말이 무엇을 의미하는지 알아차린 사람들의 눈빛은 점점 변했다. 흥분과 호기심, 경외와 기대가 어지럽게 얽히더니 곧 하나의 질문으로 수렴되었다.

"이자가… 목수 요셉의 아들이 아닌가?"

그 말은 불씨에 기름을 부은 것처럼 퍼져나갔고, 회당의 분위기는 급속히 차가워졌다. 예수의 말씀은 그들의 심장 깊은 곳을 찔렀고, 그들은 그것을 받아들이기보다 거부하려 했다. 그들은 자신들과 똑같은 음식을 먹고 같은 땅을 밟고 자란 사람이 메시아라고 선언하는 것을 도무지 받아들일 수 없었다.

빛은 나사렛에서 거절당했지만 어둠의 깊은 곳에 있던 가버나움은 그 빛을 받아들였다. 예수의 발걸음은 계속되었고 구원의 이야기도 멈추지 않았다.

제13장

# 첫 제자 부름과 기적의 물고기

예수께서는 아직 제자들을 늘 곁에 두신 것은 아니었다. 요한과 야고보, 안드레와 시몬 베드로는 여전히 갈릴리 호숫가에서 어부로 살아갔다. 이따금 예수의 말씀을 들으러 나아갔지만, 생계는 여전히 그물과 물결 그리고 기다림의 시간에 매여 있었다. 그러나 예수께서는 그들이 자신과 늘 함께하기를 원하셨고, 그들의 마음이 어느 날 그 부름에 응답하리라는 것을 알고 계셨다.

그날도 아침 햇살이 물결을 부드럽게 덮고 있었다. 예수께서는 갈릴리 호숫가에 서 계셨고, 그분 주위로 사람들이 하나둘 모여들었다. 말씀이 입에서 흘러나올 때마다 더 많은 이들이 다가왔고, 이내 모래사장은 발 디딜 틈 없이 가득 찼다. 예수의 뒤로는 물결이 출렁였고 앞으론 인파가 밀려들었다. 그때 물가 가까이에 대었던 배 두 척이 눈에 띄었다. 어부들은 밤새 고기를 잡고 돌아와 지친 손으로 그물을 씻고 있었다. 그중 하나는 시몬 베드로의 배였다.

예수께서는 조용히 그 배에 오르셨다. 그러고는 시몬에게 말씀하셨다.

"조금만 배를 밀어 육지에서 떨어지게 하여라."

시몬은 묵묵히 노를 저었다. 배가 물 위를 미끄러지자 예수께서는 배 위에 앉아 사람들을 향해 가르쳤다. 말씀은 파도처럼 번졌고 군중은 숨 죽이며 그를 바라보았다. 말씀이 끝나자, 예수께서는 시몬을 향해 몸을 돌려 말씀하셨다.

"깊은 곳으로 나아가 그물을 내려라. 고기를 잡게 될 것이다."

시몬은 고개를 떨구며 대답했다.

"선생님, 우리는 밤새도록 그물을 던졌지만 아무것도 잡지 못했습니다… 그러나 주께서 말씀하시니 그물을 내려 보겠습니다."

피곤한 눈빛과 닳은 손끝이 그 말에 묻어 있었지만, 시몬의 마음엔 설명할 수 없는 무엇인가가 피어올랐다. 그는 조심스레 그물을 내렸다. 그러자 예상하지 못한 일이 벌어졌다. 그물이 무겁게 끌려 내려갔다. 바다 전체가 그물로 몰려드는 것 같았다. 물고기들이 몰려들어 그물은 찢어질 듯 팽팽해졌고 배는 휘청이며 기울었다.

시몬은 황급히 손을 들어 다른 배를 부르며 소리쳤다. 가까이에 있던 야고보와 요한이 노를 저어 달려왔다. 두 배는 함께 물고기를 건져 올렸고, 물고기들은 배에 가득 쌓여 바닷물이 안으로 스며들었다. 두 배 모두 가라앉을 듯 무겁게 내려앉았다.

시몬은 더는 배 위에 서 있을 수 없었다. 그는 예수 앞에 무릎을 꿇고 고개를 깊이 숙이며 떨리는 목소리로 고백했다.

"주여, 나에게서 떠나십시오. 나는 죄 많은 사람입니다…"

시몬의 마음은 두려움과 경외로 뒤섞였다. 예수께서는 다정하고 조용한 목소리로 그를 일으켜 세우셨다.

"두려워하지 말아라. 이제부터 너는 사람을 낚는 어부가 될 것이다."

그 말씀은 그들의 삶 전체를 뒤흔드는 선언이었다. 베드로도, 야고보와 요한도 그 말의 깊은 뜻을 단번에 깨달을 수는 없었지만, 그들의 마음은 그 순간 이미 결정되었다. 그들은 배를 물가로 끌어올리고, 그물과 생계, 과거의 모든 것을 뒤로한 채 예수님을 따랐다.

그 길은 험하고 고단할 것이었지만, 그들은 다시는 돌아서지 않았다.

👑 **제14장**

# 중풍병자를 고치시다

예수께서 잠시 가버나움을 떠났다가 돌아오셨을 때 마을은 숨죽인 채 그분의 귀환을 기다렸다.

"예수님이 돌아오셨대!"

"지금 저 집에 계신다더라!"

소문은 불처럼 번져 사람들은 앞다투어 그 집으로 몰려들었다. 한 사람, 또 한 사람… 어느새 집은 사람으로 가득 찼고, 문밖까지 인파가 밀려들었다. 그날, 사람들의 가슴 속에는 오직 하나의 열망만이 살아 있었다.

"그분의 얼굴을 보고, 그분의 목소리를 듣고 싶다."

그 마을의 집들은 우리가 아는 집과는 달랐다. 지붕은 평평했고, 그 위로 걸어 다니거나 쉬곤 했다. 지붕으로 오르는 돌계단이 집 옆에 있었고, 큰 집일수록 그 중심엔 햇살 가득한 안뜰이 있었다. 예수께서는 안뜰에 앉아 사람들에게 말씀을 전하고 계셨다. 그분의 목소리는 바람처럼 부드럽고 번개처럼 마음을 찔렀다.

마을 한쪽에는 침상에 평생을 묶인 남자가 있었다. 중풍으로 몸을 움직이지 못하는 그는 하늘만 바라보며 살아왔다. 그에겐 단 한 가지 소원이 있었다.

"예수님 앞에 가고 싶다."

곁에는 그를 진심으로 사랑하는 네 친구가 있었다. 그들은 말없이 침상을 들어올렸다.

"지금 가자. 지금 아니면 기회가 없어."

"그래, 반드시 그분 앞에 데려가야 해."

그들을 기다린 것은 벽처럼 빼곡한 사람들뿐이었다. 그들 앞에 길은 막혔다. 그러나 사랑은 포기하지 않는다.

"지붕으로 올라가자."

"기와를 뜯자. 내려보내는 거야. 그분 바로 앞에."

그들은 거친 손으로 조심스럽게 기와를 벗겨냈다. 먼지가 흩날리고 땀이 이마를 타고 흘러내렸다. 사람들은 위를 올려다보며 웅성거렸다. 그 순간 하늘에서 무언가가 내려왔다.

천천히, 아주 천천히, 침상에 누운 병자가 줄에 매달려 안뜰 한가운데로 내려왔다. 예수께서 계신 바로 그 앞, 숨결 닿을 거리까지.

모두 숨을 죽였다.

예수께서 입을 여셨다.

"아들아, 네 죄가 용서되었다."

시간도 공기도 멈춘 듯했다. 병자의 눈이 흔들렸다. 그 말은 그의 병든

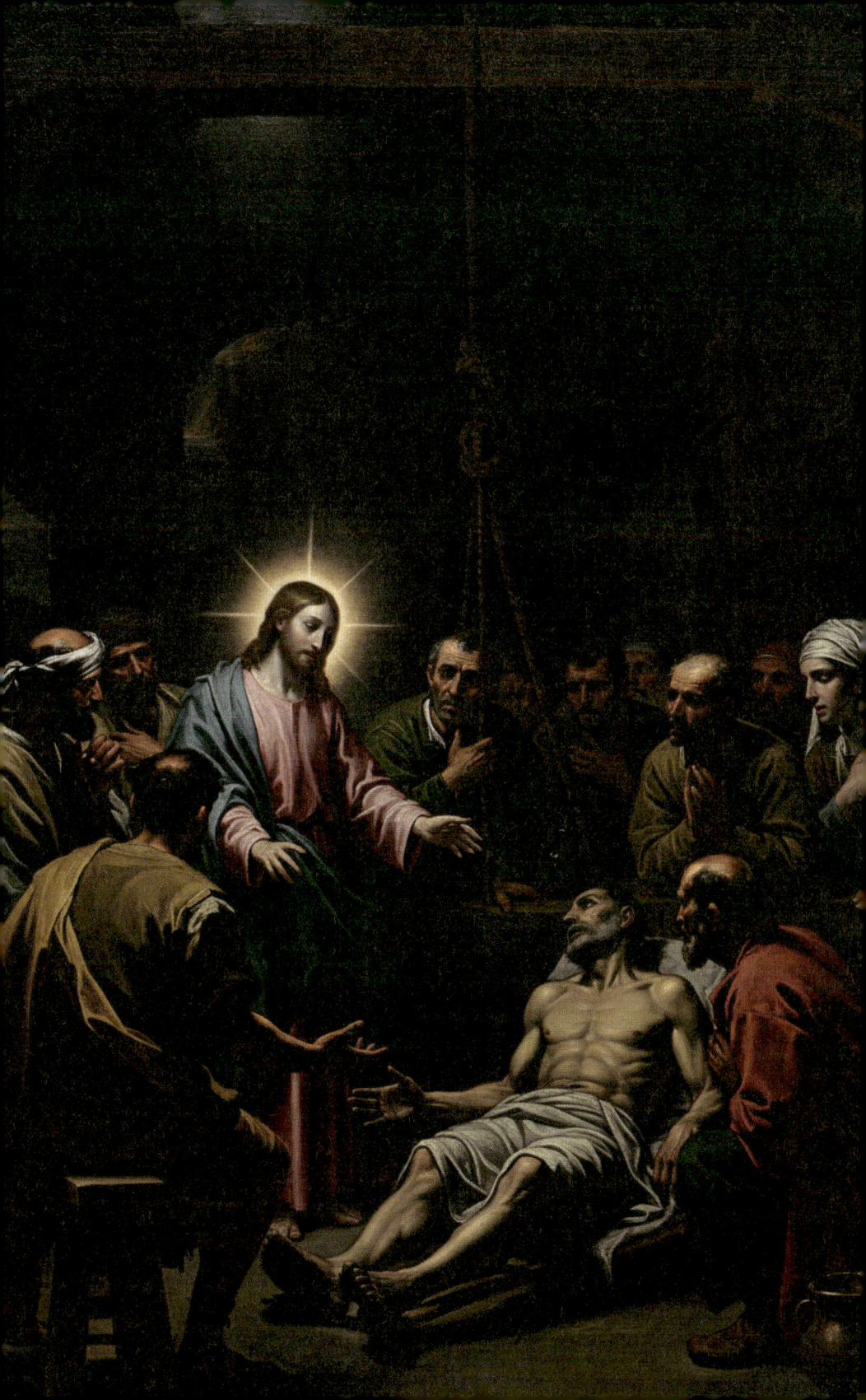

육신보다 더 깊은 곳, 죄책감과 슬픔으로 무너진 마음을 어루만졌다.

한쪽 구석의 유대인 율법학자 몇몇이 얼굴을 찌푸리며 속삭였다.

"저 사람이 무슨 짓을 하는 거야?"

"신성 모독이야. 하나님 외에 누가 죄를 용서한단 말인가?"

예수께서는 그들의 눈빛, 마음속 생각까지 모두 읽고 계셨다. 그분이 고개를 들어 조용히 물으셨다.

"왜 너희는 마음속으로 그런 생각을 하느냐? '네 죄가 용서되었다'는 말과 '일어나, 침상을 들고 걸어가라'는 말 중 어느 쪽이 더 쉽다고 생각하느냐?"

잠시 침묵이 흐른 뒤, 그분은 다시 병자에게 다정한 목소리로 말씀하셨다.

"일어나라. 네 침상을 들고, 집으로 가거라."

모두의 시선이 침상으로 쏠렸다. 그리고… 기적이 일어났다.

병자는 떨리는 손으로 무릎을 짚더니 조심스레 상체를 일으켰다.

그의 다리가 움직였다.

그는 자리에서 일어났다.

두 손으로 침상을 들어올렸다.

그리고 한 걸음, 한 걸음… 새처럼 가벼운 발걸음으로 사람들 사이를 걸어 나갔다.

사람들은 할말을 잃었다. 감격이 벼락처럼 터졌다.

"하나님을 찬양하라!"

"우리가 이런 일을 본 적이 없다!"

그날, 그 집 안뜰은 더는 단순한 마당이 아니었다.

믿음이 하늘을 열었고, 사랑이 기적을 불러왔으며, 용서가 생명을 되살린 자리였다.

제15장

# 세리 마태를 부르시다

예수께서 병든 자들의 상처를 어루만지시고, 그들 안에 오랫동안 잠들었던 생명의 불씨를 다시 밝혀주신 후, 갈릴리 바닷가로 발길을 옮기셨다.

그날 바닷가에는 맑은 햇살이 은빛 물결 위로 부서졌고 바람은 조용한 숨결처럼 모래를 쓸며 지나갔다. 바닷물은 속삭이듯 밀려왔다 물러가며 오래 전부터 기다린 누군가의 귀환을 환영하듯 잔잔하게 속을 내보였다.

그 길 위에선 예수를 따르려는 이들의 발자국이 하나둘 모여들었고, 곧 작은 무리가 형성되었다. 그들은 예수께서 하시는 말씀이 바람처럼 햇살처럼 마음을 깨우는 것이라고 느꼈다. 그분의 말은 차가운 세상을 따스하게 감싸 안는 봄날의 숨결 같았고, 생명의 물을 한 모금 마신 듯 깊은 갈증을 씻어주었다.

그 바닷가에서 멀지 않은 자리에 세관이 있었다.

그곳은 로마 제국의 질서와 통치가 유대 땅의 구석구석까지 미치고 있음을 보여주는 상징적인 장소였다.

그곳에서 일하는 자들을 '세리'라 불렀다. 그들은 이방 제국의 세금을 걷는 일을 맡았다는 이유로 동족에게 배신자로 낙인찍혔고, 스스로를 방어하지 못한 채 멸시와 손가락질 속에 살아갔다.

거리에선 아이들조차 그들을 피해 걸었고, 회당에서는 그들의 이름을 입에 올리는 것조차 꺼렸다. 누군가는 그들을 탐욕에 눈먼 죄인들이라 불렀고, 누군가는 그들의 집 앞에서 돌을 던지기도 했다.

세관 안에도 모든 것을 잃은 채 마음의 문을 닫고 살던 사람이 있었다.

그의 이름은 레위였다.

다른 사람들과 마찬가지로 그는 수많은 날들을 숫자와 동전 사이에서 살았다. 어느 날부터인가, 그는 멀리서 들려오는 예수의 목소리를 귀 기울여 들었다.

사람들의 병을 고치는 손길, 잃은 자를 다시 찾아 품에 안는 눈빛, 죄인을 부르되 정죄하지 않는 그 말의 온기… 레위는 마음 깊은 곳에서 무언가가 일렁이는 것을 느꼈다. 오랫동안 감추고 지워버렸던 자신의 이름, 자신의 영혼, 자신의 꿈이 다시 깨어나는 듯한 떨림이었다.

마침내 그날이 왔다.

예수께서 고요한 발걸음으로 세관 앞으로 다가오셨다. 사람들의 시선은 일제히 그분을 향했고 숨조차 멈춘 듯한 침묵이 순간을 감쌌다.

예수께서는 아무 말 없이 레위를 바라보셨다.

눈빛은 나무에 스며드는 빛처럼 따뜻했고 얼어붙은 마음을 녹이는 봄 햇살 같았다.

그분은 세상의 어떤 말보다 강한 목소리로 말씀하셨다.

"나를 따르라."

그 한마디는 메아리처럼 레위의 가슴을 울렸다.

레위는 오랜 세월 마음속에 억눌러 두었던 무엇인가가 풀려나감을 느꼈다.

부끄러움도, 후회도, 세관의 책상에 쌓여 있던 동전들도 모두 그 자리에 남겨두고 그는 일어섰다.

망설임도 없었고 뒤를 돌아보지도 않았다.

그는 모든 것을 버리고 예수님을 따랐다.

그 한마디를 평생 기다려왔다는 듯이.

기쁨에 가득 찬 레위는 집으로 돌아와 잔치를 베풀었다.

그는 예수님을 가장 소중한 손님으로 맞이했고, 함께 일하던 친구들을 모두 불렀다.

그들의 얼굴은 피곤하고 거칠었지만 어린아이처럼 설레고 맑은 표정이었다.

세리와 죄인들이 어울려 앉아 음식을 나누고 웃으며 예수의 말씀에 귀를 기울였다.

그 광경을 바라보던 이들 중에는 불편한 시선을 보내는 자들도 있었다.

율법에 엄격했던 서기관들과 바리새인들이었다.

그들은 다가와 따지듯 물었다.

그들의 목소리에는 분노와 멸시가 섞였다.

"어찌하여 당신은 세리와 죄인과 함께 앉아 음식을 먹는가?"

예수께서는 부드럽지만 흔들림 없는 눈빛으로 바라보시며 대답하셨다.

"건강한 자에게는 의사가 필요하지 않지만 병든 자에게는 의사가 필요하도다. 나는 의인을 부르러 온 것이 아니라 죄인들을 부르러 왔노라."

그 말씀은 하늘에서 내리는 비처럼 조용히 땅을 적시는 힘으로 퍼져나갔다.

그분의 진심을 듣고도 깨닫지 못하는 이들이 있었지만 레위는 알았다.

그는 이미 새로운 생명을 얻은 사람이었다.

그는 시간이 흐른 뒤 '마태'라는 이름으로 불리게 되었다.

자신이 본 것과 들은 것, 마음으로 느낀 것을 글로 남겼다.

그 기록은 훗날 '복음', 곧 '좋은 소식'이라 불리고,

오늘날 우리는 그것을 '마태복음'이라고 부른다.

## 제16장
# 야이로의 딸과 혈루증을 앓던 여인

잔치의 온기가 아직 아른거리던 그때였다. 사람들의 웃음소리가 잦아들고, 예수님의 얼굴에는 잔잔한 평화의 미소가 머물렀던 그 순간 군중 사이를 헤치며 한 남자가 숨가쁘게 다가왔다. 그는 다급하면서도 조심스럽게 예수님 앞에 무릎을 꿇고 땅에 이마가 닿도록 엎드려 간청하였다.

"주님… 제 딸이… 제 사랑하는 딸이 죽어가고 있습니다. 제발, 제발 오셔서 그녀에게 손을 얹어 살려주십시오. 손길만으로도 아이가 살아날 것입니다."

그 남자의 이름은 야이로였다. 회당장이자 많은 사람들 앞에서는 당당한 인물이었지만 이 순간만큼은 아버지일 뿐이었다. 체면과 권위는 벗어던진 채 죽어가는 어린 딸을 위한 마지막 희망으로 예수님의 자비에 의지하였다.

예수께서는 그 간절함을 듣고 곧바로 몸을 일으켜 야이로와 함께 길을 나섰다. 제자들도 그 뒤를 따랐다. 그 길은 평탄하지 않았다. 예수님의 이름을 듣고 몰려든 사람들로 좁은 골목마다 인파가 넘실거렸고, 그들의 눈빛에는 기대와 갈망이 가득했다. 누구도 물러서지 않았고 누구도 그분의 얼굴을 놓치지 않으려고 애썼다.

그 무리 어딘가에서 한 여인이 움직였다. 그녀는 유독 조심스러웠고 누군가에게 보이면 안 되는 사람처럼 고개를 숙인 채 예수님께 다가갔다. 그녀의 눈에는 깊은 슬픔과 피로가 어린 그림자처럼 드리워 있었다.

그녀는 열두 해 동안 혈루증을 앓고 있었다. 오랜 세월 동안 수많은 의사들에게 도움을 청했지만 아무도 그녀의 병을 낫게 하지 못했다. 가진 재산은 병원과 약재상에 다 쏟아부었고, 몸은 점점 쇠약해졌으며, 절망에 갇혀 있었다. 유대의 율법에 따르면, 그녀는 '부정한 자'로 여겨졌기에, 사람들 곁에 다가설 수도 없고 성전에 나아갈 수도 없었다. 그녀는 사회의 가장자리에서 외롭게 살아야 했던 존재였다.

예수님에 대한 소문이 그녀의 귓가에 닿았을 때 희미하던 희망의 불씨가 되살아났다. 병든 자를 고친다, 문둥병자도 낫게 하셨다, 귀신들린 자에게 자유를 주셨다는 이야기는 가슴 깊은 곳까지 진동을 일으켰다. 그녀는 믿게 되었다.

'내가 그분의 옷자락만 살짝 만져도… 분명 나을 수 있을 거야.'

그 믿음 하나로 그녀는 온몸의 고통을 이겨내며 군중을 비집고 나아갔다. 마침내 예수님의 곁에 이르렀을 때 떨리는 손을 내밀어 그분의 외투 끝자락에 살짝 손끝을 댔다. 바로 그 순간 전혀 새로운 감각을 느꼈다. 병이 떠나갔다는 확신이, 설명할 수 없는 평안함이 그녀를 감쌌다. 오랜 고통이 바람처럼 사라져버린 듯했다.

그때 예수님께서 걸음을 멈추셨다. 그러고는 조용하지만 단호한 음성으로 물으셨다.

"누가 내게 손을 댔느냐?"

제자들이 당황한 얼굴로 주위를 둘러보며 말했다.

"선생님, 이렇게 많은 사람들이 에워싸고 있는데, 어찌 그런 말씀을 하십니까? 모두가 선생님께 닿으려 하고 있습니다."

예수님의 눈빛은 다급했고 목소리는 더욱 분명해졌다.

"아니다. 누군가가 내게 손을 대었다. 내게서 능력이 나간 것을 알았다."

그 말씀에 군중은 조용해졌고, 여인은 더는 숨을 수 없음을 깨달았다. 그녀는 두려움과 떨림 속에 앞으로 나아가 예수님 앞에 무릎을 꿇고 고백했다.

"제가… 제가 만졌습니다. 열두 해를 병으로 앓았습니다… 하지만 옷자락을 만지는 순간 나았습니다…"

예수님은 다정한 눈빛으로 들으셨다. 그러고 나서 자애롭고도 깊은 목소리로 말씀하셨다.

"딸아, 안심하라. 네 믿음이 너를 구원하였느니라. 평안히 가라."

그녀는 눈물을 흘리며 예수님의 발 앞에 엎드렸다. 그 눈물은 고통의 흔적이 아니라 구원의 기쁨이었고, 오랜 세월 맺혔던 억눌린 감정의 해방이었다.

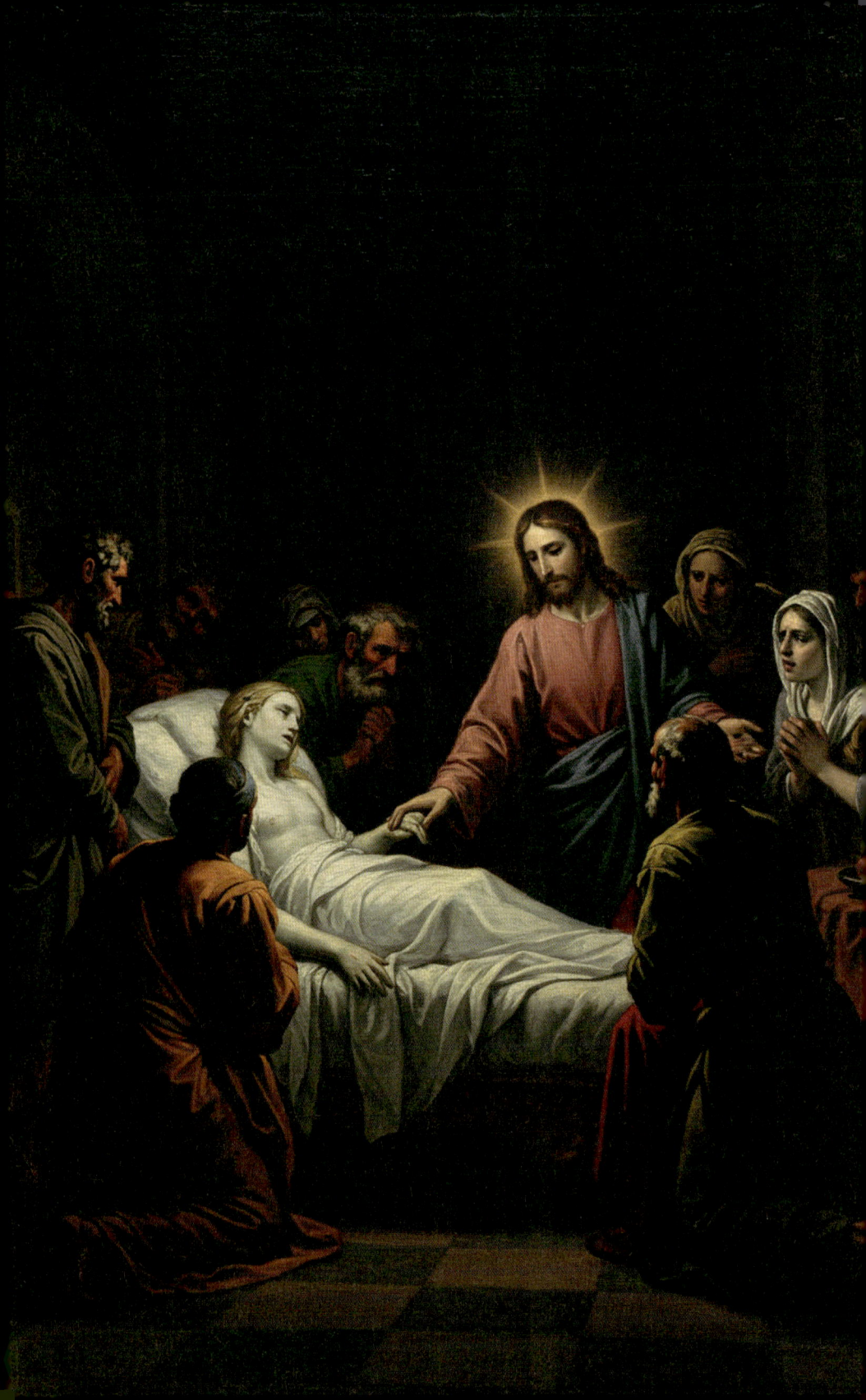

그들은 다시 길을 나섰다. 하지만 야이로의 얼굴은 창백해졌다. 급히 달려온 하인이 그에게 속삭였다.

"주인님… 따님이… 숨을 거두셨습니다. 선생님을 더 괴롭히지 마시지요."

그 말을 들은 순간 야이로의 두 눈에서 빛이 꺼지는 듯했다. 예수님은 그의 어깨에 손을 얹으며 말씀하셨다.

"두려워하지 말라. 믿기만 하라. 네 딸은 살아날 것이다."

그 말씀은 바람처럼 그의 상한 심령을 감싸며 불꽃을 피워 올렸다.

야이로의 집에 도착했을 때 집안은 슬픔으로 가득했다. 울부짖는 소리가 집안 가득 퍼졌고 가족과 이웃들은 절망의 눈물 속에서 아이의 죽음을 애도하고 있었다. 예수님께서는 그들을 물리치시고, 아이의 부모와 제자인 베드로·야고보·요한만을 데리고 그 방으로 들어가셨다.

작은 방은 창을 통해 햇살이 부드럽게 흘러들었다. 침상에는 하얗게 질린 얼굴로 누운 열두 살 소녀가 있었다. 그녀는 깊은 잠에 빠진 것처럼 고요했고 숨결 하나조차 보이지 않았다.

예수님은 그녀의 손을 잡으셨다. 따뜻한 손끝이 어린 손을 감싸며 말씀하셨다.

"달리다굼." (어린 소녀야 일어나라라는 의미)

기적이 일어났다. 그녀의 눈이 천천히 떠졌고, 긴 숨을 내쉬며 조심스럽게 몸을 일으켰다. 그녀의 얼굴에는 놀라움과 생기가 되살아났고, 방에 있던 모든 사람들은 숨을 죽였다. 침묵이 끝나고 숨겨왔던 기쁨이 폭

발하듯 터졌다. 아이의 어머니는 딸을 껴안고 울었고 아버지는 눈물바람으로 무릎을 꿇고 예수님을 바라보았다.

예수님은 말씀하셨다.

"그 아이에게 먹을 것을 주어라."

아이의 생명은 돌아왔고, 집안에는 죽음 대신 찬양과 감사가 흘렀다. 사람들은 단지 소녀의 회복만이 아니라 믿음이 얼마나 강한 능력인지, 예수님이 누구이신지를 마음 깊이 깨달았다. 소녀는 그날 이후 더없이 사랑받으며 자랐고, 그날의 기억을 평생 가슴에 간직하였다. 믿음이 죽음을 이긴 날이었다.

제17장

# 더 많은 치유와 가르침

예수께서 죽었던 아이를 살려낸 그 집을 조용히 떠나시자 그분의 기적 소문을 들은 사람들이 길목마다 모여들었다. 그 가운데 눈먼 자 두 명이 인파를 뚫고 절박한 마음으로 예수님을 뒤따랐다. 그들은 시야는 없었지만 귀는 열려 있었고 마음속에는 믿음 하나만이 살아 있었다. 그들의 입술은 간절하게 떨리며 울부짖었다.

"다윗의 아들이여! 자비를 베푸소서!"

그 외침은 단순한 병자의 애원이 아니었다. '다윗의 아들'이라는 부름 속에는 예수님이 오랫동안 기다려온 메시아, 즉 하나님의 기름 부음 받은 자임을 고백하는 놀라운 신앙이 담겼다. 그들은 절망 속에서도 예수님께서 자신들을 치유하실 수 있다는 희망의 끈을 놓지 않았다. 눈을 뜰 수 없어 그분의 얼굴은 볼 수 없었지만 그분의 존재는 마음 깊은 곳에서 생명의 빛처럼 환히 비쳤던 것이다.

예수께서 한 집안으로 들어가시자 그들은 더듬더듬 그 집까지 찾아들었다. 그들의 발걸음은 불확실하고 위태로웠지만 믿음은 단단하고 흔들림 없었다. 예수님께서 그들을 향해 물으셨다.

"내가 너희 눈을 뜨게 할 수 있다고 믿느냐?"

그 질문은 그들의 믿음을 확인하시기 위한 깊은 뜻이 담겼다. 두 눈먼 자는 망설임 없이 확신에 찬 음성으로 대답했다.

"예, 주님. 우리는 믿습니다. 당신께서 하실 수 있습니다."

예수께서는 그들의 눈을 부드럽게 만지셨다. 손길은 따뜻했고, 신비로운 평온이 피부를 타고 가슴속 깊이 흘러들었다.

"너희 믿음대로 될지어다."

그 말씀이 떨어지자마자 어두운 장막이 찢기듯 그들의 눈에서 빛이 퍼져나갔다. 처음 보는 세상은 눈부시도록 환했고, 무채색의 고통이 물러가며 생명의 색깔들이 눈앞에 펼쳐졌다. 그들은 눈물바람으로 무릎을 꿇고 자신을 바라보시는 예수님의 눈동자를 처음으로 바라보았다. 그의 눈빛은 놀라움이 아닌, 오래 전부터 그들을 알았던 듯한 자비와 사랑으로 가득했다.

예수께서 단호히 이르셨다.

"아무에게도 이 일을 말하지 말라."

마음속에 넘쳐흐르는 감격과 감사는 입을 막을 수 없었다. 그들은 곧장 마을로 가서 자신들에게 일어난 기적과 그 기적을 행하신 분이 누구이신지를 담대히 외쳤다. 그들의 목소리는 어둠 속을 헤매던 자의 떨림이 아니라 빛을 본 이의 확신으로 가득 찼다.

그 후에도 예수께서 걸어가시는 길에는 수많은 병자들이 모여들었다. 그 가운데 말하지 못하는 자, 혀가 굳어 어린아이처럼 소리만 내던 자가 가족의 손에 이끌려 예수님 앞에 나왔다. 예수께서는 그의 입에 대고 아무 말 없이 명하셨다. 한마디 음성도 없이 그의 뜻만으로 병자가 고침을 받았고, 그 사람은 또렷한 발음으로 첫마디를 꺼냈다. "어머니." 그의 어머니는 주저앉아 흐느꼈고 사람들은 경이로움과 경외심으로 숨을 삼켰다.

그뿐만이 아니었다. 예수께서는 나병 환자의 썩은 살을 깨끗하게 만지셨고, 수종병으로 몸이 부풀어 걸을 수 없던 자에게 손을 얹어 그를 일으키셨다. 허리가 굽어 땅만 보며 살아가던 여인을 곧게 세우셨고, 말 못하는 자에게 말문을 열게 하셨으며, 귀가 막힌 자에게 듣는 능력을 되돌려 주셨다. 눈먼 자들은 세상을 바라보게 되었고, 다리를 절던 이들은 두 발로 힘차게 뛰기 시작했다.

예수님께서 행하신 이 모든 일은 수없이 많아서 하나하나를 기록할 책이라면 이 땅의 양피지로도 부족할 것이었다. 그분은 단지 병을 고치는 분이 아니었다. 그분은 사람의 마음을 새롭게 하셨고, 영혼에 다시 희망의 불씨를 지펴 주셨다.

뿐만 아니라 예수께서는 제자들을 세워 이 사명을 나누셨다. 단지 병을 고치게 하신 것이 아니라, 하나님의 나라를 선포하며 사람들이 하늘의 뜻을 깨닫게 하셨다. 어느 날 제자들은 예수님의 이름으로 병을 고치고 귀신을 내쫓는 다른 무리를 보고 화를 냈다. 자신들의 허락 없이 그분의 이름을 사용하는 것을 불경이라 여긴 것이다. 예수께서는 그들을 꾸짖으셨다.

"그를 금하지 말라. 내 이름으로 물 한 잔이라도 주는 자는 결코 상을 잃지 않을 것이다."

그 말은 진정한 사랑과 믿음은 외형으로 나뉘지 않으며, 하나님의 이름으로 행한 선행은 하늘에서 기억된다는 뜻이었다.

### 제18장

# 베데스다 연못의 기적과 안식일 논쟁

유대인의 성스러운 절기가 다가오자 예수께서는 고요한 결심 속에 예루살렘으로 향하셨다. 도시의 북쪽 문 근처, 양의 문이라 불리는 곳에는 오래전부터 '베데스다'라는 연못이 있었다. '자비의 집'이라는 뜻을 품은 이름처럼, 그곳은 육체의 고통과 절망에 짓눌린 이들이 자비를 간구하며 마지막 희망을 붙드는 곳이었다.

연못은 다섯 개의 돌기둥 회랑에 둘러싸였고 그늘진 회랑 아래로는 해묵은 병과 상처를 안은 사람들이 나뒹굴었다. 시각장애인, 다리 저는 자, 마비된 자, 죽음을 기다리는 자… 희미한 눈빛 속에 남은 것은 오직 기적에 대한 막연한 기다림뿐이었다. 그들의 숨소리는 거칠었고, 얼굴은 햇살에 바랬으며, 시간은 이곳에서 정지된 듯 흘러갔.

이 연못에는 오랜 전설이 내려왔다. 해마다 한 번 하늘에서 내려온 천사가 물에 손을 대면 물결이 소용돌이치며 끓는다고 했다. 그때 가장 먼저 연못에 발을 담그는 자는 아무리 오래 묵은 병이라도 고침을 받는다는 믿음이 있었다. 그래서 병자들은 자신보다 먼저 움직이는 이를 원망하면서도 다시 한번 물이 일렁이기만을 눈물로 기다렸다.

그곳에는 한 남자가 있었다. 그의 존재는 병자들 사이에서도 눈에 띄었다. 그는 무려 삼십팔 년을 병상에서 보냈고, 지친 눈빛과 야위고 굳은 몸이 그의 세월을 말해주었다. 생의 의욕은 오래전에 꺼졌고 그의 영혼은 삶과 죽음 사이에서 무표정한 얼굴로 머물렀다.

예수께서 연못가에 조용히 다가오셨다. 아무도 몰랐다. 군중의 틈을 비집고 걸어오신 그분의 눈에는 연민이 담겼고 한없이 조용한 위엄이 따라붙었다. 그 남자 곁에 서서 물으셨다.

"낫기를 원하느냐?"

남자는 느리게 고개를 들었다. 어쩌면 귀를 의심했는지도 모른다. 오랜 세월 누구도 자신에게 진심으로 그런 말을 건넨 적이 없었다. 그의 목소리는 거의 한숨 같았다.

"선생님… 물이 끓을 때 나를 연못에 넣어 줄 사람이 없습니다. 내가 가려 하면 항상 누군가가 먼저 내려갑니다."

그의 대답은 단념·체념·슬픔이 섞인 고백이었다. 그는 더는 누군가를 탓하지도 희망하지도 않았다. 자신의 삶이 연못 옆의 돌바닥에서 끝나리라 믿고 있었다.

예수께서는 그를 똑바로 바라보며 말씀하셨다. 목소리는 결연했고, 단 한마디에 생명력이 실렸다.

"일어나라. 네 침상을 들고 걸어가라."

그 순간 아무 일도 일어나지 않을 것 같던 그의 몸속에서 뭔가 솟구치는 듯한 힘이 일었다. 그 힘은 오랜 시간 얽혔던 절망의 사슬을 끊고 굳었던 관절과 근육을 깨웠다. 남자는 놀란 듯 눈을 떴고 믿을 수 없다는 듯 몸을 일으켰다. 떨리는 손으로 침상을 움켜쥐었다. 그것은 낡고 더러운 돗자리였다. 하지만 지금은 죽음에서 되돌아온 삶의 상징이었다. 한 걸음, 또 한 걸음… 군중이 놀라 숨을 죽인 가운데 그는 조심스레 발을 옮겼다. 삼십팔 년 만의 첫 걸음이었다.

기쁨은 오래가지 못했다. 그날은 안식일이었다.

엄격한 안식일의 법을 철저히 지키던 유대인들은 그를 보자마자 달려와 추궁했다. 얼굴엔 분노와 경멸이 가득했다.

"어찌하여 안식일에 침상을 나르느냐! 이는 율법에 어긋난 일이 아니냐!"

남자는 당황하며 급히 해명했다. 그는 그저 기적의 증인이었고 명령을 따랐을 뿐이었다.

"나를 낫게 하신 분이 '침상을 들고 걸어가라' 하셨습니다."

그들은 다시 물었다.

"누가 그렇게 말하였느냐? 누구냐?"

남자는 대답하지 못했다. 예수께서는 사람들의 시선과 규탄을 피해 자리를 떠나셨던 것이다. 고요한 기적은 사람들의 규범에서 배척당하였다.

며칠 후, 예수께서는 그 남자를 다시 마주하셨다. 이번에는 성전, 거룩한 곳에서였다. 그분은 다정하면서도 깊은 경고를 담아 말씀하셨다.

"네가 나음을 입었으니 다시는 죄를 짓지 말라. 더 나쁜 일이 너에게 생기지 않도록."

그 말씀은 육신의 병보다 더 깊은 영혼의 상처를 겨냥한 것이었다. 어쩌면 그는 과거에 죄와 방탕 속에서 자신을 망가뜨렸던 자였는지도 모른다. 은혜로 회복된 지금 두 번째 삶이 허락된 셈이었다.

안타깝게도 그는 은혜의 깊이를 다 헤아리지 못했다. 예수께서 그를 치유하신 이가 누구인지 알게 되자, 그는 군중과 종교 지도자들에게 그 사실을 알렸다. 그것은 은혜를 보답하는 길이라기보다는 그분을 위험에 빠뜨리는 행동이었다.

"나를 낫게 한 이는 예수입니다."

이 말을 들은 제사장들은 극도로 분노했다. 안식일을 어긴 것도 모자라, 자신을 '하나님의 아들'이라고 부르며 신성과 동등함을 주장한 자라니. 그들은 이를 신성 모독으로 간주했고, 예수를 제거해야 한다는 결심을 굳혔다.

예수께서는 그들을 향해 담담히 말씀하셨다.

"내 아버지께서 지금까지 일하시니 나도 일하노라."

그 말씀은 어떤 율법보다 더 큰 진리를 담고 있었다. 하나님의 사랑과 자비는 안식일마저 초월했고, 인간의 규정은 그분의 자비를 가둘 수 없었다. 그 진리는 차가운 율법과 질투에 사로잡힌 자들의 귀에 닿지 않았다.

그들은 악했고 완고했다. 자신들의 위선이 드러나는 것을 두려워했고, 예수께서 백성에게 진정한 빛이 되는 것을 용납할 수 없었다.

**제19장**

# 씨 뿌리는 자의 비유와 안식일 논쟁

예수께서는 제자들을 둘러앉히시고 노을빛 번지는 언덕에서 부드럽고도 깊은 목소리로 말씀을 시작하셨다. 그의 눈빛은 따뜻했고 목소리는 사람들의 마음을 어루만지듯 잔잔했다.

예수께서 입을 여셨다.

"하늘나라는 밭에 숨겨진 보물 같습니다. 금이나 보석처럼 귀중한 보물을 발견한 이가 그것을 얻기 위해 자신이 가진 모든 것을 팔아 밭을 사는 것과 같지요."

말씀을 들은 제자들은 서로 얼굴을 바라보며 고개를 끄덕였다. 그들의 가슴속엔 이상한 전율이 일었고, 어떤 이의 눈가엔 눈물이 맺혔다. 그 보물은 바로 자신들이 따르는 예수 그리스도의 사랑, 그의 가르침이었다.

예수께서는 고요하게 말씀하셨다.

"그 나라에는 적의 손을 피해 땅속에 숨겨두고 다시는 찾지 못한 보물이 많습니다. 수많은 이들이 그것을 찾으려 애쓰지만 아무나 얻을 수 있는 것은 아니지요. 마음이 겸손하고 진심으로 갈망하는 자만이 발견할 수 있습니다."

 이 비유는, 하나님의 나라, 즉 그리스도의 은혜가 얼마나 귀중한 것인지, 그것을 위해서라면 세상의 모든 것을 기꺼이 내려놓아야 한다는 뜻이었다. 제자들은 그 말씀이 자신들에게 주는 무게를 느끼며 숨죽였다. 그들은 알았다. 이 길은 가난과 고난의 길이지만 진리를 향한 길이라는 것을.

 안식일. 예수와 제자들은 배고픔을 참아가며 한적한 밀밭 길을 걸었다. 발밑에는 마른 흙이 바삭바삭 갈라졌고 그 위로 여름 햇살이 무겁게 내려앉았다. 제자들은 굶주림을 참지 못하고 익어가는 곡식 이삭을 뜯어 조심스레 비벼 입에 넣었다. 그들은 죄책감보다 생존의 절박함을 느꼈고 밀알 하나하나가 눈물겨운 위로처럼 느껴졌.

 멀리서 그 모습을 지켜보던 바리새인들의 눈은 차갑고 날카로웠다. 그들은 율법을 들이대기 위해 마음을 닫고 예수를 감시하고 있었다. 제자들에게 다가온 그들은 범죄자를 다루듯 단호하게 말했다.

 "어찌하여 안식일에 해서는 안 될 일을 하느냐?"

 제자들은 움츠러들었고 두려움이 스쳤지만 예수께서 나서셨다. 그의 얼굴에는 분노가 아닌 안타까움이 어렸다. 그분은 조용하지만 확고한 음성으로 말씀하셨다.

 "그들이 곡식을 먹는 것이 무슨 해가 됩니까? 사람은 안식일에도 먹어야 하고 필요한 일을 해야 합니다."

그의 말은 단순한 논박이 아니었다. 그것은 사랑과 생명의 율법이었다. 예수의 말에는 사람을 살리는 힘이 있었고, 그 힘은 바리새인들의 차가운 눈초리를 무색하게 만들었다.

예수께서는 회당으로 들어가셨다. 그곳에는 한쪽 손이 말라붙은 채 굽어버린 남자가 있었다. 그의 눈은 지쳤고 마음속 깊은 곳엔 오래된 체념이 자리 잡고 있었다. 사람들은 그를 은근히 외면했고 그는 자신이 무가치하다고 여겼다.

바리새인들이 다시 말을 걸었다. 이번엔 조롱과 함정이 담긴 목소리였다.

"안식일에 사람을 고치는 것이 옳습니까?"

예수께서는 그들의 속셈을 간파하셨다. 그분의 시선은 남자에게 머물렀고 눈빛은 말라버린 그의 손을 감싸는 듯 따뜻했다.

예수께서 말씀하셨다.

"그렇소, 양 한 마리가 안식일에 구덩이에 빠졌다면 너희는 당연히 그것을 꺼내지 않겠소? 하물며 이 사람은 양보다 훨씬 귀한 존재입니다. 그러니 도와야 마땅하지 않소."

그 말씀은 논리를 꺾는 답이 아니었다. 한 인간을 존엄하게 대하는 사랑의 선언이었다.

예수께서 남자에게 다가가 이르셨다.

"손을 내밀어 보아라."

그는 망설였다. 그는 평생을 무시당했고, 기대할 수 없었다. 예수의 눈

빛은 그에게 믿음을 건넸다. 그는 떨리는 마음으로 손을 뻗었고, 봄바람이 얼어붙은 가지를 푸는 듯 손은 펴졌다. 오그라들었던 손가락 하나하나가 살아 움직였고 그는 두 손을 바라보며 말문을 잃었다.

회당 안의 공기는 정적에 휩싸였고 사람들은 숨조차 쉬지 못했다. 바리새인들의 얼굴은 굳었고 분노로 벌겋게 달아올랐다. 그들은 군중의 눈길이 예수께로 향하는 것이 두려웠고, 자신들의 위선이 드러난 것이 분했다. 그들은 회당 밖으로 나가 은밀히 속삭였다.

"그를 없애야 한다. 더는 이렇게 놔둘 수 없다."

그들의 마음은 증오와 질투로 가득했고, 예수께서 뿌린 생명의 씨앗을 밟아버리려 했다.

예수께서는 알고 계셨다. 그들의 음모도, 악의도, 거짓도 모두. 그럼에도 사랑으로 응답하셨고, 수많은 병든 자들을 찾아가 하나하나 고쳐주셨다. 그는 미움을 받아도 사랑하셨고 거절당해도 포기하지 않으셨다. 그분의 길은 고난이었지만 생명을 심는 길이었다.

제20장

# 산상수훈과 나병 환자 치유

흐릿한 새벽, 예수는 이른 빛 아래 가만히 눈을 들었다. 눈앞에는 말없이 모여드는 사람들의 무리가 있었다. 가난하고 병든 자들, 지친 얼굴들, 희망 없는 눈빛들. 그들은 무언가를 갈망하였다. 생명의 떡을 혹은 한마디의 위로를.

예수는 언덕을 향해 걸음을 옮겼다. 그분의 발걸음은 조급하지 않았고 위엄은 군중을 잠잠하게 했다. 산마루에 다다르자 예수는 자리에 앉았고 제자들은 그분 곁에 다가와 앉았다. 언덕에는 바람도 숨을 죽이는 듯한 고요가 감돌았다.

그분의 목소리는 부드러웠지만 단단했고 마음 깊은 곳을 건드리는 힘이 있었다.

"마음이 가난한 자는 복이 있나니, 하늘나라가 그들의 것이며,"

그 말이 산등성이에 울려 퍼지자 구슬픈 표정으로 앉아 있던 여인의 눈에서 눈물이 흘렀다.

"슬퍼하는 자는 복이 있나니, 그들이 위로를 받을 것이오."

어떤 노인은 주름진 손을 모아 입술을 움직였다. 그의 눈은 감동으로 흔들렸다.

"온유한 자는 복이 있나니 그들이 땅을 기업으로 받을 것이다. 의에 주리고 목마른 자는 복이 있나니 그들이 배부를 것이며…"

그 가르침은 지친 영혼에 스며드는 비처럼 들판을 적셨고, 냉랭한 세상의 억압 아래서 움츠러든 마음들을 조금씩 펴게 했다. 예수는 그들에게 말하였다. 세상의 욕심과 두려움이 아니라 하나님의 돌보심을 신뢰하라고. 그분은 하늘을 가리키며 말했다.

"공중의 새들을 보라. 그들은 씨를 뿌리지도 않고, 창고에 곡식을 쌓지도 않지만, 하나님이 그들을 먹이신다."

한 송이 들꽃을 손에 쥐며 웃음 띤 얼굴로 말을 이었다.

"이 백합화를 보라. 그들은 수고하지 않고 길쌈하지 않지만, 솔로몬의 모든 영화도 이 중 하나만큼 아름답지 못했느니라."

그분의 말은 고요한 음악처럼 사람들의 마음에 울려 퍼졌고, 세상에 짓눌린 자들은 그제야 자신이 하나님의 사랑받는 피조물임을 깨달았다.

그분은 그들에게 기도를 가르치셨다. 누구나 말할 수 있고, 누구나 들을 수 있으며, 누구나 기억할 수 있는 단순한 말.

"하늘에 계신 우리 아버지여…"

수많은 이들이 위로를 받았고, 희망이 다시 그들의 마음에 불을 지폈다.

산에서 내려오자 예수를 따르던 무리는 이전보다 더 많아졌다. 그 순간, 그 틈을 헤치며 한 사내가 무릎을 꿇었다. 그의 옷자락은 너덜너덜했고 몸은 썩어가는 냄새를 풍겼다. 사람들은 경악하며 물러났다. 그 사내는 나병 환자였다. 사람들이 가장 두려워하는 존재, 저주받았다고 여기는 자.

그는 떨리는 입술로 간절히 외쳤다.

"선생님… 원하시면… 저를 깨끗하게 하실 수 있습니다."

말할 때마다 그의 눈은 절망과 간청 사이에서 흔들렸다. 누구도 가까이 오지 않으려 했고, 그의 곁엔 냉기와 침묵뿐이었다.

예수는 망설임 없이 손을 내밀었다. 그의 손끝은 따뜻했고 생명이 깃들였다.

"내가 원한다. 깨끗해져라."

말씀은 단순했지만 창세기의 첫 숨결처럼 강력했다. 나병 환자의 살은 신선한 살결로 되살아났고, 오그라들었던 손이 펴지고, 움푹 패인 뺨에 핏기가 돌았다.

무리는 숨을 죽였다. 기적이 눈앞에서 일어난 것이다.

예수는 조용히 일러주셨다.

"제사장에게 가서 너의 몸을 보이고 하나님께 드릴 예물을 드리도록 하여라. 그분께 감사를 잊지 말아라."

사람들은 여전히 놀란 얼굴로 바라보았고, 나병 환자는 흐느끼며 입을 다물지 못했다. 그는 아무 말 없이 무릎을 꿇고 땅에 입을 맞췄다. 예수는 그를 조용히 일으켜 세우셨고 사내는 눈물을 흘리며 사라졌다. 그날 그의 인생은 다시 태어난 것이었다.

사람들은 그제야 깨달았다. 이자는 단순한 선생이 아니라 하나님의 아들임을. 사랑과 권능으로 병든 자를 만지시는 분, 누구도 손대지 않으려 했던 이를 안아주는 분, 예수. 그분이었다.

👑 제21장

# 백부장의 종과 나인의 과부 아들

예수께서 가버나움의 거리를 걸으실 때 한 로마 백부장(옛 로마 군대에서 백 명으로 조직된 단위 부대의 우두머리)이 그분께 다가왔다. 얼굴에는 간절함과 절박함이 서렸다. 백부장은 낮은 목소리로 청하였다.

"선생님, 제 종이 심한 마비병에 걸렸습니다. 부디 도와주십시오."

예수께서는 머뭇거리지 않고 대답하셨다.

"내가 곧 가서 그를 고치리라."

백부장은 몸을 약간 숙이며 간절히 말했다.

"선생님, 저의 집에 들어오시는 것은 제가 감당할 수 없습니다. 다만, 말씀만 하십시오. 그러면 제 종은 나을 것입니다."

그 말에는 상상을 초월하는 믿음이 담겼다. 병든 아들을 둔 부자조차도 품지 못한 그 믿음은, 모든 것 위에 군림하는 당신께서 한 말씀만 하시면 모든 것이 순종할 것이라는 확신이었다.

"내가 하인들에게 명령하면 그들은 곧 복종합니다. 만물을 다스리시는 당신의 말씀 또한 그러할 줄 압니다."

예수께서는 진심 어린 믿음에 놀라움을 금치 못하며 말했다.

"진실로, 이스라엘 중에서 이만한 믿음을 본 적이 없다."

다정한 음성으로 백부장에게 이르셨다.

"가거라. 네 믿음대로 될 것이다."

백부장은 돌아가는 길에 종이 건강을 되찾은 모습을 보았다. 그 장면은 믿음이 곧 현실임을 증명하는 기적이었다.

예수께서는 다시 베드로의 집으로 가셨다. 그곳에서 장모를 열병에서 구해내셨고, 이어 수많은 병자들을 치유하며 눈먼 자에게 시력을, 귀먹은 자에게 청력을 되찾게 하셨다. 이 작은 책으로는 예수께서 행하신 모든 선행과 자비를 다 기록할 수 없다.

예수께서는 제자들에게 사랑과 교훈이 담긴 이야기를 들려주셨다. 단순한 이야기가 아니라 깊은 의미를 품은 비유였다. 그중 하나는 하늘나라에 관한 것이었다.

예수께서 시작하셨다.

"하늘나라는 좋은 진주를 구하는 상인 같다. 진주를 아는가? 굴껍질에서 발견되는 순수하고 빛나는 희고 아름다운 구슬이다. 어부는 진주를 얻기 위해 바다 밑바닥까지 내려간다. 그러니 진주는 매우 귀한 것이다."

예수께서는 말을 이으셨다.

"상인이 아주 귀한, 크고 빛나는 진주를 발견하였다. 그는 그것을 사기 위해 자신의 모든 것을 팔아버렸다. 이 이야기는 하나님의 나라가 얼마

나 귀하고 아름다운 곳인지, 그리고 참된 사랑을 위해 우리는 가장 소중한 것을 기꺼이 포기할 수 있음을 알려준다."

어느 날, 예수와 제자들 그리고 그분을 따르던 무리가 나인이라는 작은 마을에 다다랐다. 마을의 성문 앞에서 장례 행렬이 움직였다. 젊은이의 시신이 관에 담겨 운구되고 있었고, 그의 어머니는 관 옆에서 깊은 슬픔에 잠겨 눈물을 흘렸다. 그녀는 남편을 이미 잃었고 아들 외에는 의지할 자식이 없었다.

예수께서 그 광경을 보시고 온 마음으로 그녀를 불쌍히 여기셨다.

"울지 마라."

그분의 목소리는 부드럽고 따뜻하게 그녀의 마음에 닿았다.

예수께서는 천천히 상여에 손을 내밀어 만지셨다. 관을 들고 있던 사람들이 멈춰 섰다. 예수께서 큰 소리로 명령하셨다.

"젊은이여, 내가 네게 말한다. 일어나라!"

그 말씀이 떨어지자 죽었던 젊은이는 기적처럼 살아나 몸을 일으켜 앉아 말을 하기 시작했다. 예수께서는 그를 어머니에게 돌려보내셨다.

이 놀라운 사건을 지켜본 모든 사람들의 마음에는 두려움과 경외가 스며들었다. 그들은 한목소리로 속삭였다.

"하나님이 그의 백성을 찾아오셨다."

제22장

# 오병이어의 기적

예수께서는 병든 이들을 자주 고치셨고, 사랑으로 가득한 이야기로 사람들을 가르치느라 몹시 지쳤다. 때로는 홀로 산에 올라 하늘에 계신 아버지께 기도하셨고, 때로는 바다를 건너 다른 지역으로 가셨다. 먹거나 쉴 시간조차 거의 없었다.

해가 저물 무렵 예수께서는 깊은 피로에 잠겨 제자들에게 말했다.

"건너편으로 가자."

사람들은 예수님을 배에 태웠고 여러 작은 배들이 그들을 따랐다. 갑자기 거센 바람이 몰아쳤다. 파도는 높이 솟아 배를 때렸고, 물이 배 안으로 밀려들어 금세 배가 가라앉을 듯했다.

예수께서는 배의 고물에서 베개를 베고 깊이 잠들어 계셨다. 제자들은 극심한 두려움에 사로잡혀 그를 깨우며 외쳤다.

"주여, 제발… 우리를 살려주십시오! 이대로 죽게 생겼습니다!"

예수께서 몸을 일으키시고 바람과 파도를 향해 단호하고 평온한 음성으로 꾸짖으셨다.

"잠잠하라! 고요하라!"

마법처럼, 격렬하던 바람은 숨을 죽이고, 파도는 잔잔해져 거대한 평화가 배 위를 덮었다. 제자들은 숨을 죽이고 서로를 바라보았다.

"이분은… 누구시기에 바람과 바다마저 그분의 명령에 복종하는가?"

그들은 깨달아야 했다. 그들은 예수께서 죽은 자를 살리시는 기적을 이미 목격하지 않았던가. 그는 분명 하나님의 아들이었다.

예수께서는 자신을 따를 열두 사람을 택하시고, 그들에게 가르침을 주시며 병든 자를 고칠 능력을 나누어 주셨다. 또한 일흔 명의 제자를 보내 같은 권능을 베풀게 하셨다. 사도들이 돌아와 행한 모든 일을 보고 들으신 후 예수께서는 말씀하셨다.

"너희는 따로 광야로 가서 잠시 쉬어라."

수많은 무리가 오가느라 식사할 시간조차 없었기 때문이다. 그들은 배를 타고 벳새다 근처의 사막으로 향했다. 예수께서 어디로 가셨는지 소문이 퍼지자 큰 무리가 그를 따랐다. 예수께서는 그들에게 자비로웠다. 그는 쉬려고 광야에 왔으나 자신의 안위와 음식에는 관심이 없었다. 선을 행할 수 있음으로 충분했다. 그는 산에 올라가 사람들을 가르치고 병든 자를 고쳐주었다.

해가 저물자, 열두 사도가 예수께 나아와 간절히 청했다.

"이 많은 무리를 보내어 가까운 마을에서 음식을 구하게 하소서. 이곳은 사막입니다."

예수께서는 빌립을 바라보며 물으셨다.

"우리가 어디서 빵을 사서 이들을 먹일 수 있겠느냐?"

이 말은 빌립을 시험하려는 것이었으나 예수께서는 스스로 할일을 알고 계셨다. 빌립은 머뭇거리며 대답했다.

"이 많은 사람에게 조금씩 나누어 주어도 빵은 부족할 것입니다."

그때 안드레가 한걸음 앞으로 나와 말했다.

"보리빵 다섯 개와 작은 물고기 두 마리를 가진 소년이 있습니다. 하지만 이 많은 사람들에게 그것이 무슨 소용이겠습니까?"

예수께서는 따뜻한 미소를 띠시며 말씀하셨다.

"사람들을 풀밭에 앉게 하라."

사람들은 저마다 자리를 잡고 앉았다. 오십 명씩 무리를 지어 앉으니 남자만 해도 오천 명이었다. 예수께서는 빵을 들어 감사 기도를 드리시고 떼어 제자들에게 주셨다. 제자들은 그것을 사람들에게 나누어 주었다. 물고기도 원하는 만큼 나누어 주었다. 모두가 배불리 먹었고 남은 조각도 많았다.

예수께서는 제자들에게 명하셨다.

"남은 조각을 버리지 말고 모두 거두어라."

그들은 열두 광주리 가득 남은 빵 조각을 모았다.

이 놀라운 기적을 본 사람들은 말했다.

"이분이 바로 메시아다!"

그들은 예수님을 왕으로 세우려 했으나 예수께서는 홀로 산으로 올라가 아버지께 기도하셨다.

그 기적은 백성들에게 예수님을 더욱 믿게 만들었다. 그들은 배고픈 자신들을 먹이시는 분이야말로 약속된 구원자임을 확신했다. 그들은 제사장들에게서 메시아가 오면 왕이 되어 로마의 압제에서 해방시키고 부유하고 위대한 나라를 세울 것이라는 가르침을 받았다. 그것은 큰 오해였다. 예수께서는 그들을 죄에서 자유롭게 하기 위해 이 땅의 선함뿐 아니라 하늘나라로 인도하시기 위해 오신 분이었다.

밤이 깊어가고 예수께서는 홀로 산에 올라가 하늘을 우러러 기도하셨다. 그의 마음에는 세상의 고통과 사랑이 가득했다.

"아버지, 내가 가야 할 길을 압니다. 무겁고 고된 길임을 알지만 흔들리지 않을 것입니다."

그의 목소리는 떨렸지만 간절했고, 결의에 찼다.

"나는 이 길 끝에서 사람들을 죄와 어둠에서 구원할 것입니다. 아버지의 뜻이 이루어지도록."

고요한 산중, 예수의 눈동자에는 인류를 향한 무한한 사랑과 자비가 빛났다.

제23장

# 물 위를 걸으시다


해가 저무는 황혼의 시간에 제자들은 작은 배에 몸을 싣고 바다 한가운데 떠 있었다. 어둠이 짙어지면서 하늘은 무거운 회색으로 변했고, 바람은 강렬해져 거친 물결을 일으켰다. 바다의 냉기와 폭풍의 울부짖음 속에서 그들은 불안과 두려움에 휩싸였다.

"예수님께서 여기 함께 계셨다면 분명 이 난리도 조용해졌을 텐데…"

어느 제자가 속삭이듯 말했다. 그 말에는 희망과 절망이 뒤섞였다.

하지만 그분은 아직 모습을 나타내지 않으셨다.

어둠 속에 한 줄기 빛 같은 형상이 나타났다. 파도 위를 걷는 그분의 모습은 현실을 초월한 신비였다. 그 누구도 이해할 수 없었다. 인간이 걸을 수 없는, 물 위를 뚜벅뚜벅 걷는 그 모습에 그들은 숨을 죽였다.

"유령이야! 유령이다!"

제자들의 목소리가 공포에 떨렸다.

그 신비로운 형상은 조용하고 분명한 음성으로 대답했다.

"두려워 말라, 나다."

그 목소리는 차가운 바람을 뚫고 들어와 떨고 있던 마음들을 서서히 안아 주었다.

그 순간 베드로가 용기를 내어 간청했다.

"주님, 정말 당신이시라면, 제게 명령하여 물 위를 걸어 당신께 오게 하소서."

짧은 침묵 끝에 예수께서 한마디 하셨다.

"오라."

베드로는 배 가장자리에 발을 디뎠다. 떨리는 심장을 진정시키려고 애쓰며 한 걸음 한 걸음 내디뎠다. 그 발걸음은 믿음과 두려움이 교차하는 순간이었다.

그는 물 위에 서 있었다. 신기하게도 물결은 그의 발 아래에서 잔잔해졌다.

곧 파도가 높아지고 바람이 거세어지며 두려움이 다시 그를 휘감았다. 그의 발걸음은 흔들렸고 몸이 서서히 가라앉았다.

"주님! 저를 구해 주소서! 물에 빠지고 있습니다!" 그의 목소리는 공포와 절박함으로 떨렸다.

그때 예수께서 손을 내밀어 베드로의 손을 꽉 붙잡으셨다. 그 손길은 세상의 어떤 것보다도 강력하고 따뜻했다.

"오, 믿음이 적은 자여!"

그 말에는 질책이라기보다 깊은 사랑과 아픔 그리고 회복에 대한 확신

이 담겼다.

둘이 함께 배에 올라타자 세상의 모든 분노 같던 바람과 파도는 순식간에 멈추었고, 고요한 평화가 그들을 감쌌다.

배 안에 남아 있던 이들은 놀라운 광경을 숨죽이며 지켜보다가, 고개 숙여 무릎을 꿇었다.

"진실로, 당신은 하나님의 아들이십니다."

그 고백은 단순한 말이 아니었다. 그 안에는 의심을 넘어선 절대적인 믿음과 경이로움이 가득 담겼다.

그 밤, 바다 위의 달빛이 은은히 반짝이던 순간, 제자들의 마음 한켠에 영원히 꺼지지 않을 빛이 켜졌다.

제24장

# 이방 여인의 믿음

예수께서는 충직한 사도들을 이끌고 유대 땅의 변두리, 하나님을 알지 못하는 이방인의 땅과 맞닿은 낯설고 차가운 경계지대로 발걸음을 옮기셨다. 그곳은 어둡고 외로운 땅이었으나 진리의 빛이 닿기를 기다리고 있었다.

멀리서 한 여인이 조심스럽게 다가왔다. 그녀의 모습은 누추했고, 눈빛은 고통과 절망으로 가득했다. 그러나 그 안에는 꺾이지 않는 간절함과 희망이 빛났다.

"주여, 나를 불쌍히 여기소서! 다윗의 자손이신 주님, 제 딸이 몹시 아픕니다."

그녀의 목소리는 낮고 떨렸지만 절규와 같았다. 그러나 예수께서는 아무 대답도 하지 않으셨다. 시간은 흘렀고 침묵은 그녀를 더욱 불안하게 했다.

그녀의 울부짖음이 커지자 뒤에 있던 사도들이 조용히 불평했다.

"선생님, 제발 그녀를 보내주십시오. 너무 소란스럽습니다. 우리 일에

방해가 되오니."

그들은 그저 그녀가 떠나기를 바랐다. 예수께서 냉정하게 말씀하셨다.

"나는 유대인 외에는 누구에게도 보내지 않았다."

그 말은 단단한 벽 같았다. 절망이 그녀를 덮칠 듯했지만 여인은 굴하지 않았다. 그녀는 무릎을 꿇고 두 손을 모아 예수님의 발 아래 엎드려 애원했다.

"주여, 부디 저를 도와주소서."

예수께서는 다시 말씀하셨다.

"자녀들의 빵을 가져다가 개들에게 던져주는 것은 옳지 않다."

그 말은 차갑고 거칠게 들렸을지 모른다. 단지 그녀의 믿음을 시험하려는 깊은 의도였다.

여인은 머리를 조아리며 흔들림 없이 대답했다.

"주여, 그렇습니다. 그러나 개들도 주인의 식탁에서 떨어지는 부스러기를 먹지 않습니까?"

겸손함과 굳건한 믿음에 예수님의 얼굴에 미묘한 미소가 스며들었다.

"여인이여, 네 믿음이 참으로 크도다. 네 소원대로 될지어다."

그 말씀과 동시에 그녀의 딸은 병마에서 벗어나 건강을 되찾았다.

이 여인은 원래 이방인이었고, 주피터·아폴론·디아나라 불리는 돌 우상들에게 기도하며 살아왔다. 하지만 유대인의 하나님에 관한 소식이 그녀의 마음 깊이 스며들었고, 거짓 신들을 떠나 진정한 구세주 예수를

믿게 되었다.

그녀는 오실 그리스도, 다윗의 자손이 될 메시아를 간절히 기다리며 믿음을 키웠다. 그리고 사랑하는 딸이 고통받는 순간 그 믿음은 절박한 외침으로 변해 예수님께 닿았다. 그 믿음은, 예수께서 마침내 칭찬하신 것처럼, 흔들리지 않는 거대한 바위와 같았다.

이 기적은 유대인의 경계를 넘어, 참된 믿음을 가진 모든 이방인에게도 하나님의 은혜가 미친다는, 예수님의 두 번째 위대한 표적이었다.

**제25장**

# 제자도와 부자 청년

예수께서는 한적한 길을 걸으며 그를 따르고자 마음을 품은 수많은 사람들을 만났다. 그들 중 많은 이들은, 진정한 헌신이 무엇인지 깨닫지 못한 채, 끝내 그 길을 함께 걷지 못하고 뒤돌아섰다.

그중 한 사람이 간절한 목소리로 말했다.

"선생님, 제가 어디를 가든지, 어디든 당신을 따르겠습니다."

예수께서는 그 눈을 마주 보시며 한숨처럼 깊고도 부드러운 음성으로 대답하셨다.

"여우에게는 굴이 있고, 하늘의 새에게는 둥지가 있지만, 사람에게는 머리 둘 집조차 없느니라."

그 말에는 세상의 무상함과 그분 자신의 무거운 삶의 진실이 녹아 있었다. 예수는 참으로 가난했다. 그 어떤 돌집에도 그 어떤 왕관에도 기대지 않았다. 때로는 베드로의 집 한켠에 머물고, 다른 친구들의 온기 속에서 잠시 쉴 뿐이었다.

그 첫사람이 끝까지 그 길을 걸었을까? 우리는 알지 못한다. 그가 진심으로 머무르지 않았다면 그 이야기마저도 전해지지 않았을 것이다.

어느 날 또 다른 젊은이가 다가와 무릎을 꿇으며 물었다.

"선한 선생님, 제가 영원한 생명을 얻으려면 무엇을 해야 합니까? 어떤 좋은 일을 해야 합니까?"

예수께서는 그의 맑은 눈동자를 바라보며 부드럽지만 엄숙하게 말씀하셨다.

"왜 나를 '선하다'고 부르느냐? 선하신 이는 오직 한 분뿐이다. 네가 생명에 들어가길 원한다면 하나님의 계명을 지켜라."

젊은이는 더욱 간절히 물었다.

"어떤 계명을 지켜야 합니까?"

예수께서는 천천히 한 마디 한 마디를 소중히 꺼내며 말했다.

"살인하지 말라. 도둑질하지 말라. 거짓 증언하지 말라. 네 아버지와 어머니를 공경하라. 네 이웃을 네 자신처럼 사랑하라."

젊은이는 고개를 끄덕이며 말했다.

"이 모든 것을 지켰습니다. 어린 시절부터 어긴 적 없습니다. 제가 아직 무엇이 부족합니까?"

예수께서는 젊은이를 온 마음으로 바라보셨다. 그 마음속에 흐르는 선함과 진실을 느끼셨다. 그 젊은이의 마음 한켠에는 단단한 무언가가 자리 잡고 있었다. 그가 사랑하던 재산과 안락함이었다.

예수께서는 조용히 단호하게 말씀하셨다.

"네가 온전해지려거든, 가서 네 모든 소유를 팔아 가난한 자들에게 나누어 주어라. 그리하면 하늘에서 네게 보물이 쌓일 것이다. 그리고 와서 나를 따르라."

그 말은 폭풍우 치는 바다에 홀로 남겨진 듯한 젊은이의 마음을 흔들었다.

부를 쥔 그의 손이 무겁게 떨렸고, 사랑했던 모든 것과 이별해야 한다는 현실 앞에 가슴이 찢어졌다. 그 슬픔은 그의 눈에 고인 빗방울처럼 투명하고도 깊었다.

그는 고개를 숙인 채 자리를 떠났다.

예수께서는 그를 깊이 불쌍히 여기셨을 것이다. 그의 마음속에 깃든 갈망과 아픔을 이해하셨기에 언젠가 그가 다시 돌아오기를 간절히 바라셨으리라.

우리는 그의 선택을 알지 못한다.

그러나 그가 훌륭했기에, 진심이었기에, 우리 모두는 그가 결국 그 길 위에 다시 서리라고 믿고 싶다.

불쌍한 젊은이여, 그대의 눈물은 결코 헛되지 않았다.

제26장

# 여인들의 섬김과 마르다와 마리아

예수께서는 먼지 낀 길과 돌투성이 마을들을 거닐며 하나님의 나라가 가까이 왔다는 기쁜 소식을 전했다. 열두 사도가 그와 늘 함께했으며, 그 행렬 속에는 병마에서 해방된 여인들도 있었다. 막달라 마리아, 슬픔과 고통의 사슬에서 풀려난 여인이었고, 헤롯의 집사 구사의 아내 요안나와 수산나, 그리고 이름 모를 수많은 여인들이 예수와 사도들을 위해 부지런히 음식을 마련하고 정성으로 섬겼다.

그렇게 예수께서는 잔인한 적만큼이나 마음을 다해 따르는 친구도 많았다.

예루살렘 가까이 고요하고 아름다운 작은 마을 베다니에는 선한 사람들이 살았다. 마르다와 마리아 그리고 오빠 나사로였다. 예수께서 예루살렘에 머무실 때면 종종 이 집을 찾아 그들과 함께 시간을 보내셨다. 그들은 예수께서 찾아오시는 그날을 손꼽아 기다렸고, 그 빛나는 순간에 기쁨을 감추지 못했다.

어느 날, 예수께서 집에 도착하시자 마르다는 부지런히 움직이며 예수

와 사도들을 위한 잔치 준비에 온 마음을 쏟았다. 마리아는 예수의 발치에 조용히 앉아 그의 말씀에 귀를 기울였다.

마르다는 답답함이 일었다. '내가 혼자서 이 모든 일을 감당해야 한단 말인가?'

마르다는 마리아에게 다가갔다. 그러나 그녀는 곧바로 예수께 가서 간청했다.

"선생님, 제 동생이 저 혼자 시중 들게 내버려 두시는 것을 상관하지 않으십니까? 부디 그녀에게 저를 돕도록 말씀해 주십시오."

예수께서는 미소 지으시며 마르다를 바라보셨다.

"마르다야, 마르다야, 너는 많은 일로 마음이 분주하고 근심이 가득하구나. 하지만 필요한 것은 한 가지뿐이다."

그러고는 부드러운 목소리로 덧붙이셨다.

"마리아는 좋은 편을 택했으니 그것을 빼앗기지 않을 것이다."

예수께서는 마르다에게 화를 내지 않으셨다. 세상의 번잡함과 염려에 너무 매여 그의 말씀을 놓치지 말라는 깊은 뜻을 전하셨을 뿐이었다.

오늘 우리는 그의 음성을 직접 들을 수 없지만 그가 남긴 말씀이 여전히 우리의 마음을 울린다. 그 말씀이 어디에 있냐고 묻는다면 나는 성경을 가리키겠다. 거기에서 우리는 여전히 그의 목소리를 듣고, 그의 사랑을 느낄 수 있다.

**제27장**

# 기도하는 법을 가르치시다

예수께서는 기도의 사람으로 알려졌었다. 때로는 밤이 깊도록 별이 희미하게 빛나는 하늘 아래서도 홀로 앉아 기도에 잠기셨다. 하늘에 계신 아버지와 대화하는 순간이야말로 가장 깊은 위로와 기쁨의 시간이었다.

예수께서는 제자들에게 기도의 참된 의미를 가르치시기 위해 아름다운 이야기를 들려주셨다.

"두 사람이 성전에 올라갔네. 한 사람은 바리새인 또 한 사람은 세리라. 바리새인은 성전 한복판에 서서 목소리를 높여 기도했지."

"하나님, 나는 다른 이들처럼 악하지 않고, 저 세리 같은 죄인이 아님을 감사하나이다. 나는 주님의 율법을 철저히 지키고 있습니다."

바리새인은 자신의 의로움을 자랑하며 스스로를 높였다.

반면, 세리는 성전 한쪽 구석, 멀찍이 떨어져서 머리를 숙인 채 있었다.

그는 감히 하늘을 올려다보지도 못했고 가슴을 치며 간절히 말했다.

"하나님, 저는 죄인입니다. 부디 자비를 베푸소서."

누가 더 나은 기도를 드렸을까?

예수께서는 제자들에게 말씀하셨다.

"하나님은 교만한 자의 기도는 듣지 않으시지만, 겸손한 자의 간절한 기도에는 귀를 기울이신다."

예수께서는 또 이렇게 가르치셨다.

"네가 그릇된 것을 구하지 않는 한 네가 간구하는 것은 하나님께서 주실 것이다. 구하여라, 그러면 받을 것이다. 찾아라, 그러면 찾을 것이다. 문을 두드려라, 그러면 열릴 것이다."

그 뜻은 분명했다.

네가 하나님께 진심으로 도움을 구하면 그분이 응답하실 것이다.

그분의 뜻을 찾고 이해하려 애쓰면 길이 열릴 것이다.

그분의 말씀을 깨닫고자 간절히 바랄 때 그분이 그 마음을 허락하실 것이다.

예수께서는 또 말씀하셨다.

"아들이 아버지에게 빵을 달라 하면 돌을 주겠느냐? 물고기를 달라 하면 뱀을 주겠느냐?"

물론 그렇지 않다.

너는 그분이 그런 짓을 하지 않으리라는 것을 잘 안다.

악한 사람조차도 자기 자식에게는 선한 마음을 가지고 있다.

하늘의 아버지께서 그토록 너희에게 좋은 것을 주시지 않겠느냐?

예수께서는 어린아이의 기도를 특히 사랑하셨다.

너는 언제든지 기도할 수 있다.

어머니 무릎 위에서, 낮에 길을 걷다가, 하나님의 도움이 절실할 때 마음속으로 살며시 속삭여라.

"하나님, 나를 착한 아이로 만들어 주세요."

그 말이 닿는 곳, 그 순간 하나님은 너를 듣고 계실 것이다."

제28장

# 선한 사마리아인의 비유

무리 속에서 한 율법학자가 조심스레 자리에서 일어났다. 그의 눈빛은 날카로운 호기심과 시험의 무게를 담고 있었다. 그가 입을 열었다.

그 소리는 밤의 정적 속에서 울려 퍼지는 먼 종소리처럼 무겁고도 선명했다.

"선생님, 말씀해 주십시오. 우리가 바라는 영원한 생명, 하늘나라의 문을 여는 그 길은 무엇입니까?"

예수께서는 고요히 응시하시더니 낮은 목소리로 힘 있게 되물으셨다.

"율법에는 무엇이라 기록되어 있느냐?"

율법학자의 입술이 떨렸다. 그의 마음은 부단히 흔들렸으나 곧 결연히 대답했다.

"율법은 말합니다. '네 모든 마음을 다해, 네 목숨을 다해, 네 온 힘과 뜻을 다해 주 너희 하나님을 사랑하라. 또한 네 이웃을 네 자신처럼 사랑하라.'"

예수께서는 깊은 공감이 깃든 눈빛으로 대답하셨다.

"네 말이 참되도다. 그 길을 따르는 자는 참으로 살리라."

율법학자의 갈망은 채워지지 않았다.

그의 목소리는 다시 한번 부드럽지만 강한 의지를 담아 울려 퍼졌다.

"그렇다면 선생님, 내 이웃은 과연 누구입니까?"

예수께서는 이야기를 시작하셨다.

그 이야기는 먼 길을 떠난 한 사람의 운명을 담고 있었다.

"한 사람이 예루살렘을 등지고 여리고를 향해 길을 떠났다. 그 길은 험하고 외로운 언덕들이 한없이 이어지는 황량한 길이었다. 그가 가던 중 도둑들이 나타났다.

그들은 날카로운 칼과 가시 같은 욕망으로 그를 덮쳤다. 그는 모든 것을 빼앗기고 옷은 벗겨져 피투성이가 되어 쓰러졌다.

그렇게 죽음과 가까운 경계에 내던져진 채 그는 길가에 버려졌다.

한 제사장이 그 길을 지나갔다.

그는 한참 그를 바라보았으나 불쌍한 모습에 마음을 주지 않았다.

몸을 돌려 태연히 길 건너편으로 걸어갔다.

그 뒤를 따라 레위인이 걸어왔다.

그도 멈춰 서서 그 남자를 훑어보았지만 연민의 눈빛은 오래 머물지 않았다. 곧 발걸음을 돌려 외면하고 말았다.

그 다음, 그 길에 한 사마리아인이 나타났다.

사마리아인은 유대인에게 적대와 증오의 대상이었다.

그런 그가 그 남자를 바라보는 눈빛은 달랐다.

따스한 불꽃 같았고 깊은 자비였다.

그는 조심스레 다가가 상처 입은 몸을 어루만졌다.

기름과 포도주를 정성껏 부으며 고통 속에 있는 영혼에게 위로를 건넸다.

그는 그를 힘껏 들어 올려 말에 태웠다.

여관까지 부축하며 데려갔다.

그날 밤 그는 쉬지 않고 그를 돌보았다.

다음 날, 떠날 때에 그는 여관 주인을 불러 말했다.

'이 불쌍한 이를 돌보아 주시오. 필요한 비용이 더 들면 내가 다시 돌아와 갚겠소.'

예수께서 고요히 물으셨다.

"자, 세 사람 중 누가 진정한 이웃이었겠느냐?"

율법학자의 눈은 떨렸고 머뭇거리다 간신히 대답했다.

"그의 곁에 머물러 자비를 베푼 자입니다."

예수께서는 부드럽고 단호한 목소리로 말씀하셨다.

"그러니 가서 너도 그렇게 행하라."

## 제29장

# 변화산 사건과 겸손에 대한 가르침

예수께서는 무겁고도 슬픈 예언을 제자들에게 말씀하셨다.

"예루살렘으로 올라가야 한다. 그곳에서 나는 고난을 당하고 죽음을 당할 것이다."

이 말은 바람처럼 조용히 퍼졌지만, 제자들의 가슴엔 돌덩이처럼 무겁게 내려앉았다.

그들의 눈빛은 점차 어두워졌고, 마음속 깊은 곳에서는 알 수 없는 두려움과 슬픔이 피어올랐다.

여드레가 지나, 예수께서는 제자 베드로·야고보·요한을 데리고 세상을 멀리 내려다볼 수 있는 높은 산으로 올라가셨다.

차가운 바람이 불어 산등성을 스치고 하늘은 잔뜩 찌푸린 구름으로 뒤덮였다.

제자들은 이미 지쳤고 고된 여정과 무거운 마음이 그들의 어깨를 짓눌렀다.

예수께서는 그들이 잠시라도 눈을 감고 쉴 수 있길 바라며 깊은 기도의 자리로 몸을 낮추셨다.

평화로운 순간은 곧 깨지고 말았다.

눈부시게 찬란한 빛이 산 전체를 감싸며 제자들의 심장을 두근거리게 했다.

그 빛은 태양보다 강렬하게 번쩍였고, 예수의 얼굴은 그 빛을 받아 황금처럼 찬란하게 빛났다.

그의 옷은 순백의 빛을 내뿜으며 신비로운 광채가 흐르는 듯했다.

그 빛 속에서 두 인물이 나타났다.

그들은 모세와 엘리야였다.

모세는 오래전 먼 세상으로 떠난 이었고, 엘리야는 산 채로 하늘로 들려 올라간 전설 같은 인물이었다.

그들은 지금 빛나는 존재로서 예수와 심오한 대화를 나누었다.

그 대화는 장차 예루살렘에서 펼쳐질 고난과 구원의 길에 관한 이야기였다.

제자들은 숨죽여 바라보았다.

그것이 무엇을 의미하는지 깊이를 헤아릴 수 없었다.

베드로가 떨리는 목소리로 말을 꺼냈다.

자신도 왜 그런 말을 하는지 알 수 없었지만 마음 깊은 곳에서 우러나온 절박함이었다.

"선생님, 여기가 너무나 좋습니다. 여기서 선생님과 모세와 엘리야를

위해 초막 셋을 지었으면 좋겠습니다."

그 말이 끝나기도 전에 광휘가 그들을 덮쳤다.

눈부신 구름이 내려앉고, 그 안에서 우렁차고도 부드러운 음성이 울려 퍼졌다.

"내 사랑하는 아들이니, 그의 말을 들어라."

그 음성이 메아리처럼 사라지자 모든 것이 잠잠해졌다.

산꼭대기에는 오직 예수 한 분만 서 계셨다.

그는 명백히 하나님께서 가장 사랑하시는 아들이었다.

신비한 체험 뒤 얼마 지나지 않아 제자들은 또다시 논쟁에 빠졌다.

"누가 하늘나라에서 가장 위대한 자일까?"

예수께서는 작고 연약한 어린아이를 불러 안으셨다.

그 어린아이는 세상의 모든 권력이나 위세와는 대조되는 순수함과 무구함의 상징이었다.

"누구든지 이런 어린아이 하나를 내 이름으로 환영한다면, 그는 곧 나를 맞이하는 것이며, 나를 맞이하는 이는 나를 보내신 이를 환영하는 것이다."

예수의 목소리는 조용했지만 그 안에 담긴 권위와 사랑은 온 산을 울릴 듯했다.

"너희는 어린아이처럼 온유하고 겸손해야 한다. 그래야만 하늘나라에서 참된 위대함을 누릴 수 있다. 겸손한 자는 첫째가 될 것이며, 교만한 자는 마지막이 되리라."

그 말씀은 바람결에 실려 제자들의 마음속 깊이 새겨졌다.

그날, 그 산에서, 새로운 길이 시작되었다.

길은 험난했지만 길 끝에 빛이 기다리고 있음을 그들은 알았다.

### 제30장

# 어린아이들을 축복하시다

예수께서는 어린아이들을 향한 한없는 사랑으로 가득 차 계셨다.

그분의 마음은 순수하고 연약한 이들 곁에서 언제나 따스한 빛처럼 빛났으며, 어린 영혼들의 숨결 하나하나가 그분께는 천상의 선물 같았다.

어느 날, 여러 어머니들이 조심스레 아이들과 갓난아기들을 품에 안고 예수께 나왔다.

그들은 간절히 바랐다.

예수께서 이 작은 생명들에게 손을 얹으시고 축복의 기운을 내리시기를, 그들의 아이들이 신의 은혜로 보호받기를.

그 모습을 본 제자들은 불편한 기색을 감추지 못한 채 말을 건넸다.

"스승님을 너무 귀찮게 하지 마십시오. 바쁘신 분을 막는 것은 옳지 않은 일입니다."

그 말을 들으신 예수님의 얼굴에는 잠시 잔잔한 파도가 몰려든 듯 진한 감정이 일렁였다.

그것은 단순한 분노가 아니었다.

진실한 사랑과 아이들의 순수함을 가로막으려는 자들에게 보내는 보호자의 강렬한 경고였다.

"어린아이들이 내게 오는 것을 막지 말라. 하나님의 나라는 바로 이런 이들의 것이다."

목소리는 천둥처럼 울려 퍼졌으나 봄바람처럼 부드러웠다.

그 한마디에 제자들은 더는 말을 잇지 못했다.

예수께서는 두 팔을 벌려 다가오는 어린아이들을 하나하나 품에 안으셨다.

그들의 작은 머리에 손을 얹고는 신비로운 빛으로 가득 찬 축복을 내리셨다.

그 광경은 보는 이들의 심금을 울렸다.

사랑과 자비가 어우러진 이 순간 세상은 그분의 온유함 앞에 잠시 숨을 죽였다.

아이들은 축복 속에서 맑고 순수한 기쁨을 느꼈고, 그들 눈망울에는 그 어떤 보석보다 더 빛나는 믿음이 자라났다.

예수께서는 온화한 미소를 띠며 말씀하셨다.

"너희는 마음을 다해 착하게 살아야 한다. 그리하여 세상의 빛이 되고, 내 이름으로 영광을 돌리며, 내게 기쁨을 가져다주어라."

그 작은 아이들의 웃음소리는 하늘의 노래처럼 울려 퍼졌고, 그 장면은 오래도록 사람들의 가슴속에 잔잔한 물결처럼 남아 빛났다.

제31장

# 잃어버린 것을 찾으시는 사랑

그분, 예수께서는 이 땅에 오셨다.

　인류의 무거운 죄악을 온몸으로 짊어지시고 무자비한 형벌을 대신 받기 위해서.

　그분의 목소리는 부드러웠지만 바다처럼 깊은 사랑이 담겼다.

　그 사랑이야말로 가장 멀리 떨어져 있고 가장 어둡고 찢긴 영혼들을 향한 뜨거운 불꽃이었다.

　바리새인들 앞에서 그분은 조용하고 강렬하게 말씀하셨다.

　"생각해 보라, 한 목자가 수많은 양떼를 거느렸는데, 그중 한 마리가 길을 잃었다면 어떻게 할 것인가? 그 목자는 다 내버려 둔 채 홀로 캄캄한 어둠 속으로 뛰어들 것이다. 길 잃은 양을 찾기 위해 산을 넘고 골짜기를 헤치며, 한 마리를 찾아내는 순간 샘솟는 기쁨은 이루 말할 수 없으리라."

　그뿐이 아니었다.

　"한 여인이 은화 열 닢을 가지고 있었다. 어느 날 한 닢이 사라지고 말았다. 그녀는 등불을 들고 어둠 속을 헤맸다. 먼지 쌓인 구석구석 까맣게

잊힌 틈새까지 소중한 한 닢을 찾아내기 위해 가장 세심하고 끈질기게 집안을 쓸고 또 쓸었다. 잃어버린 동전을 손에 쥔 순간, 그녀는 기쁨에 가슴이 벅차 친구들을 불러 모아 말할 것이다."

'나와 함께 기뻐하라, 내가 잃었던 은화를 다시 찾았노라!'

하늘 높이 울려 퍼지는 그 기쁨, 예수께서 하늘을 바라보며 선언하셨다.

"하늘에서는 단 한 명의 죄인이 회개할 때마다 천사들이 모여 더욱더 찬란한 기쁨의 노래를 부르노라."

그분의 사랑은, 잃어버린 것들을 찾아내고 다시 품어 안는, 세상 그 무엇보다도 숭고하고 영원한 사랑이었다.

## 제32장
# 열매 맺지 못하는 무화과나무의 비유

하늘은 잿빛 구름으로 무거워졌다.

예수께서는 한적한 정원의 길가에 선 채 제자들에게 깊은 한숨과 함께 말을 건넸다.

"너희가 아는 무화과나무에 관한 이야기를 해주겠다."

목소리는 부드러웠으나 무거운 예감이 서렸다.

"길가에 흔히 자라는 무화과나무처럼 그 나무도 있었지. 그러나 특별한 한 그루, 한 사람의 정원에 심은 나무가 있었다."

그 나무는 그 자리에 묵묵히 서 있었지만 삼 년이 지나도록 열매 한 알 맺지 못했다.

그 침묵은 정원의 공기를 무겁게 만들었고, 주인의 마음에는 불안과 실망이 자리 잡았다.

"세 해, 세 해나 기다렸다…"

주인은 무겁게 말을 잇다 멈췄다.

그의 눈에는 애써 감추려던 분노와 좌절이 서렸고, 마침내 정원사를 불러 명령했다.

"이 무화과나무는 쓸모없다. 삼 년 동안 열매를 맺지 못했으니 더는 인내할 필요가 없다. 잘라내라! 이 정원에서 치워버려라!"

정원사는 주인의 결연한 목소리에 가슴이 철렁 내려앉았다.

그는 한 걸음 물러서며 조심스럽지만 단호하게 말했다.

"주인님, 부디 이 나무를 베어내시기 전에 한 번만 더 기회를 주십시오. 제가 주위를 조심스럽게 파고 땅에 거름을 주어 살펴보겠습니다. 내년까지 기다려 주십시오. 그때도 열매를 맺지 못한다면 주인의 뜻대로 하겠습니다."

그 말에는 간절함이 묻어났다.

숨을 죽이고 마지막 희망을 붙잡으려는 심정이 역력했다.

예수께서는 그 비유를 통해, 바로 이처럼 하나님 아버지께 자신이 간절히 구하는 바를 담고 계셨다.

"우리가 얼마나 더 많은 시간을 달라고 빌어야 하는가… 우리가 얼마나 더 뉘우칠 기회를 가져야 하는가…"

그분의 마음은 무화과나무 주인과 같았다.

하나님께 간절히 청하는 사랑과 절망의 혼합체, 끝내 희망의 끈을 놓지 않으려는 영혼의 부름이었다.

또 하나, 이 비유는 닥쳐오는 재앙 앞에서 천둥처럼 울리는 경고였다.

멀지 않은 미래에 유대의 도시는 멸망할 것이고, 사람들은 그 땅에서

쫓겨날 것이다.

그전에, 회개의 빛을 향해 마지막 발걸음을 내딛기를 간절히 바라는 예수의 깊은 간절함이 담겼다.

그렇게 무화과나무는 그 자리에서 여전히 기다렸다.

자비로운 손길이 닿기를, 마침내 가지마다 풍성한 열매가 맺히기를 꿈꾸며, 끝없이 견뎌내는 인내의 상징처럼.

제자들은 이야기를 듣고 무화과나무가 그들의 마음 한켠에 서서히 스며드는 것을 느꼈다.

희망과 절망, 사랑과 경고가 뒤엉킨 묵직한 말씀이 그들 영혼에 깊은 울림으로 다가왔다.

## 제33장

# 돌아온 탕자의 비유

예수께서는 들판 한가운데서 그들에게 또 다른 이야기를 들려주셨다.

한 남자가 두 아들을 두고 있었다.

그 아버지는 마을에서 존경받았지만 마음 한구석에는 늘 무거운 고민과 두려움이 자리했다.

그는 자식들이 올바른 길을 가길 바랐으나 세상의 유혹과 갈등은 너무나 깊었다.

어느 날, 둘째 아들이 아버지에게 다가왔다.

눈빛은 낯설게도 결연했으며, 목소리에는 어린아이답지 않은 단호함이 깃들였다.

"아버지, 제게도 제 몫의 유산을 주세요. 더는 기다릴 수 없습니다."

아버지는 심장이 무너지는 듯했다.

그는 두 눈을 감고 한참을 침묵했다. 침묵 속에서 마음은 갈기갈기 찢겼다.

'아들이여, 너는 나를 배신하는구나… 하지만 그를 붙잡을 힘이 없다.

그가 원하는 대로 하게 하라. 그가 스스로 깨닫게 하리라…'

아버지는 조용히 입을 열었다.

"네가 원한다면 그렇게 하거라."

그는 재산을 아들들에게 나누어 주었다.

둘째 아들은 돈다발을 움켜쥐고는 기대와 욕망에 가득 찬 가벼운 발걸음으로 집을 떠났다.

이국 땅에서 그는 온갖 쾌락과 방탕에 빠져들었다.

늦은 밤마다 울려 퍼지는 술잔 부딪치는 소리, 속삭이는 거짓말, 무너지는 약속들 속에서 그는 돈을 허비했다.

자신의 영혼까지 팔아버리는 듯했다.

행복은 오래가지 않았다.

그 땅에는 잔인한 기근이 들었고, 대지는 마르고, 먹을 것이 사라졌다. 거리는 황량했고, 사람들의 얼굴은 굶주림과 절망으로 일그러졌다.

돈은 바닥났고, 탕자는 허름한 옷자락을 휘날리며 마지막 희망마저 잃은 채 다른 나라 사람의 하인으로 팔려갔다.

그가 맡은 일은 돼지에게 먹이를 주는 것이었다.

차가운 바람에 몸은 떨렸고 배는 끊임없이 허기를 외쳤다. 돼지들이 먹는 먹이조차 탐이 났으나, 그에게 줄 음식은 없었다.

그 순간 고통스러운 깨달음이 가슴을 짓눌렀다.

'내 아버지 집의 종들은 따뜻한 빵을 배불리 먹는데, 나는 이 험한 땅에서 굶어 죽을 운명인가… 나는 죄인이다. 그저 돌아가서 간청할 수밖에 없다.

"아버지, 제가 하늘과 아버지께 죄를 지었습니다. 더는 아들이 아니라, 하인이라도 되게 해 주십시오."

그는 고개를 들고 먼 길을 걸었다.

낙담과 후회, 두려움에 휩싸인 발걸음은 무거웠다.

멀리서 집을 바라보았을 때였다.

아버지는 먼지투성이 누더기를 입은 그를 발견했다.

그 모습을 보고 늙은 심장은 벅찬 감정으로 터질 듯했다.

아버지는 기다렸다는 듯 걷기 시작했다.

그의 걸음은 가볍지 않았다.

한평생 쌓아온 사랑과 용서를 온몸으로 짊어진 듯했다.

마침내 아들을 발견하고는 달려가 그의 목을 끌어안았다.

두 손으로 아들의 머리를 감싸며 눈물과 숨죽인 한숨이 뒤섞였다.

"아버지, 제가 하늘과 아버지께 죄를 지었습니다. 더는 아들이라 할 자격이 없습니다. 부디 저를 하인으로 받아 주십시오."

아버지는 고개를 저으며 말없이 어깨를 감쌌다. 곧 하인들에게 명령했다.

"가장 좋은 옷을 입히고, 신발을 신기고, 반지를 끼워 주어라. 살진 송아지를 잡아라. 오늘은 잔칫날이다. 죽었던 네 동생이 살아났고, 길 잃은 아이가 돌아왔으니 말이다."

집안은 웃음과 축하의 노래로 가득 찼다.

그 소란 속에 장남은 들판에서 홀로 있었다.

그의 가슴에는 질투와 분노가 불덩이처럼 타올랐다. 음악 소리와 환호성은 마음을 찢었다.

아버지가 다가와 간청했지만 그는 단호히 말했다.

"나는 언제나 아버지와 함께했고, 아버지는 친구들과 나를 위해 잔치를 한 번도 열지 않으셨소. 그런데 방탕한 동생이 돌아오자 살진 송아지를 잡다니! 그게 옳은 일이오?"

장남의 분노는 단순한 질투가 아니었다. 그 속에는 배신감과 오랜 시간 쌓인 상처가 있었다.

아버지는 부드럽게 말했다.

"얘야, 네가 가진 모든 것은 이미 너의 것이다. 그러나 오늘은 기뻐해야 할 날이다. 죽었던 네 동생이 다시 살아났고, 잃었던 그가 우리 곁으로 돌아왔기 때문이다."

예수께서는 이 이야기를 통해 우리 모두가 진심으로 회개할 때 하나님의 사랑과 용서가 얼마나 위대한지를 가르치셨다. 죄를 뉘우치는 순간 사랑은 문을 활짝 열고 우리를 기다린다. 하지만 회개하지 않고 길을 잃은 자들은 여전히 어둠 속을 헤매는 것이다. 그러므로 우리는 매 순간 사랑을 받아들이고 변화해야 한다는 깊은 진리를 전하셨다.

## 제34장

# 수전절 논쟁과 생명의 말씀

겨울의 냉기가 예루살렘 거리를 감싸던 날 성전의 솔로몬 행각 돌벽들은 오랜 세월의 무게처럼 무겁고 장엄했다. 그곳에는 단단한 돌들이 서로 맞물려 세월의 굴곡을 견디고 있었지만, 그 위에 내리던 차가운 바람은 세상의 불확실함과 인간의 갈등을 닮았다.

예수께서는 그 속으로 걸어 들어가셨다. 걸음마다 느껴지는 고요한 결의와 눈빛 속에 감춰진 깊은 연민은 먼 곳의 고요한 바다에 폭풍을 예고하는 듯했다.

유대인 무리는 그분을 에워싸며 날카로운 눈빛과 말투로 질문을 던졌다. 그들의 심장에는 의심과 기대, 분노와 두려움이 뒤엉켰다.

'이 사람이 정말 우리가 기다린 그리스도인가? 또 다른 거짓 선지자일 뿐인가?'

"언제까지 우리를 의심하게 하실 겁니까?"

그들의 목소리엔 요구와 도전이 섞였다.

"당신이 그리스도라면 분명히 우리에게 말해 보십시오."

예수께서는 그들을 응시하셨다. 눈빛은 단순한 호기심이나 적대감이 아닌, 그 모든 감정 너머에 있는 '잃어버린 영혼들에 대한 깊은 슬픔'을 담고 있었다.

그분의 음성은 차분하면서도 힘이 있었다.

"내가 이미 너희에게 말했건만, 너희는 듣지 않고, 끝내 믿지 않을 것이다."

그 말씀은 비수처럼 유대인들의 마음속 깊은 곳을 찔렀다.

그들은 예수가 스스로를 하나님의 아들이라 선언한다는 것을 깨달았다.

그 충격에 분노가 치밀어 올랐다.

"내 양이 아니라고?"

그들 중 일부는 자신들의 신앙과 정체성이 부정당하는 것 같은 느낌에 울컥했다.

'내가 그를 믿었나?'

'그가 우리 민족과 율법을 배신하는가?'

예수의 말은 이어졌다.

"내 양은 내 음성을 듣고 나는 그들을 안다. 그들은 나를 따르고 나는 그들에게 영원한 생명을 준다. 아무도 그들을 내 아버지 손에서 빼앗을 수 없다."

그 말 한마디 한마디는 불꽃처럼 다가왔고, 들려온 순간 주변의 공기가 무겁게 가라앉았다.

유대인들은 이 말을 '하나님의 아들임을 스스로 밝힌 선언'이라 확신했고, 분노는 폭발 직전의 화산처럼 끓어올랐다.

"돌을 던져라!"

"그를 붙잡아라!"

수십 개의 눈동자가 그를 향해 날카롭게 빛났고, 손은 돌을 움켜쥐고 있었다.

예수께서는 그들의 격분과 위협에도 놀랍도록 침착했다.

몸을 굽히지 않고 절망하지도 않았다.

그는 그들 속을 뚫고 걸음을 옮겨 요단강 건너편으로 향했다.

요단강은 차가운 겨울 햇살 아래 은빛 물결을 반짝이며 흘렀다.

그 물길은 한때 세례 요한이 사람들에게 회개와 새로운 삶을 선포하던 자리였다.

그의 죽음은 이 땅에 깊은 슬픔과 공포를 남겼지만, 그가 남긴 불씨는 아직 꺼지지 않았다.

요단강가에 모인 사람들 눈빛에는 희망과 불안이 공존했다.

새로운 구원의 메시지를 갈망하면서도 그것이 진실인지 의심하는 마음도 함께였다.

예수께서 그곳에 서시니 사람들은 숨죽이며 바라보았다.

그들의 마음속에 얼음처럼 굳었던 두려움과 의심이 녹기 시작했다.

그들은 듣고 싶었다. 믿고 싶었다.

한편, 성전에 남은 이들의 얼굴은 어둡고 날카로웠다. 그들의 신념과

권위가 흔들리는 듯한 공포에 휩싸였다.

그들은 이 낯선 목소리와 가르침이 자신들의 세계를 뒤흔들 것을 본능적으로 느꼈다.

겨울의 차가운 공기 사이로 한마디 말이 흘러나왔다.

"나와 내 아버지는 하나이다."

그 말에는 무한한 사랑과 결단이 담겼다.

한 사람 한 사람의 마음에 깊은 울림으로 전해졌다.

그 순간 생명의 말씀이 이 땅에 한 줄기 빛처럼 내려왔다. 영원히 꺼지지 않을 불꽃처럼.

**제35장**

# 나사로의 죽음과 부활

그해 겨울, 어둡고 냉랭한 바람이 예루살렘의 골목과 골짜기를 휘감았다. 차가운 공기 속에서 마르다와 마리아는 마음 한구석에서부터 무거운 소식을 듣고 다급히 걸음을 옮겼다. 나사로, 그들이 깊이 사랑하던 형제가 병들었다는 소식이었다. 그의 병세는 심각했고, 자매들은 예수께서 분명히 오셔서 소중한 오빠를 치유해 주실 것으로 믿었다.

예수께서는 곧바로 움직이지 않았다.

그들을 사랑했지만 곧바로 달려가는 애타는 충동과는 달랐다.

그는 이틀 밤낮을 기다렸다.

그러고는 제자들에게 말했다.

"다시 유대로 가자."

제자들은 놀라며 머뭇거렸다.

"선생님, 얼마 전 유대인들이 당신을 죽이려 했습니다. 왜 다시 위험한 곳으로 가십니까?"

예수의 눈빛은 흔들리지 않았다.

"우리 친구 나사로가 잠들었다. 내가 그를 깨우러 간다."

그 말에 제자들은 고개를 갸웃했다.

"잠들었다면 회복될 것입니다."

그러자 예수께서는 분명히 무게를 담아 말했다.

"나사로는 죽었다. 이제 내가 가야 한다."

사도 도마는 낮고 단호하게 말했다.

"우리도 그와 함께 가서 죽자."

그들 마음속에는 죽음의 그림자가 깊게 드리웠다.

예수께서 예루살렘에 가까워질수록 유대인들의 적대감도 짙어졌다.

마르다와 마리아의 집이 있는 베다니에 도착했을 때 나사로는 이미 나흘 동안 무덤 속에 있었다.

마르다는 예수께서 오신다는 소식을 듣고 달려나왔다.

얼굴에는 절박한 그리움과 절망이 뒤섞였다.

"선생님, 당신이 여기 계셨더라면 오빠가 죽지 않았을 것입니다."

그녀의 목소리는 떨렸지만 마음 한켠의 믿음은 흔들리지 않았다.

"그러나 저는 지금도 당신이 하나님께 무엇이든 구하면 그분이 당신에게 주시리라는 것을 압니다."

예수는 부드럽고 확신에 찬 목소리로 말했다.

"네 오빠가 다시 살아날 것이다."

마르다는 미소를 지으며 대답했다.

"네, 압니다. 마지막 날에 그가 다시 살아날 것입니다."

예수는 말끝을 흐리지 않았다.

그는 마르다에게 자신이 지금, 여기서, 죽은 자에게 생명을 줄 수 있다고 말했다.

그 후 그는 마리아를 찾았다.

마리아는 슬픔에 잠긴 친구들과 함께 앉아 있었다.

눈물은 그녀의 얼굴을 적셨고 고요한 슬픔은 방안 가득 퍼졌다.

마르다가 급히 다가와 마리아에게 예수께서 오셨다고 전했다.

마리아도 마르다처럼 예수를 찾아 달려 나갔다.

그녀는 절박한 마음으로 간청했다.

"선생님, 당신이 거기 계셨더라면 그는 죽지 않았을 것입니다."

예수께서는 조용하고 무게 있는 목소리로 물었다.

"그를 어디에 두었느냐?"

유대인들, 그들도 그 소식을 듣고 무덤 앞으로 나왔다.

"와서 보라."

그들이 말했다. 모두 눈물을 흘렸다.

그들의 슬픔은 진실했고 깊은 비탄은 어느 누구도 모른 체할 수 없었다.

예수께서도 그 슬픔에 마음 아파하시며 함께 눈물을 흘리셨다.

무덤은 바위 벽 속 깊숙이 자리 잡고 있었고, 큰 돌이 무덤 입구를 막고 있었다.

예수께서 명령하셨다.

"돌을 치워라."

돌이 굴러가자, 그 자리는 다시 차가운 바람과 죽음의 냄새로 가득 찼다.

예수께서는 고개를 들어 하늘을 향해 몇 마디 말을 건네셨다.

그리고 큰 소리로 외치셨다.

"나사로야, 나오라!"

잠시 침묵이 흘렀다. 죽음의 어둠 속에서 기적처럼 나사로가 걸어 나왔다.

나흘 동안 무덤에 있었던 몸은 생기와 힘을 되찾았다.

마르다의 눈가에는 기쁨이 흐르고, 유대인들은 놀라움과 경외로 예수를 바라보았다.

그들은 믿었다. 예수가 하나님의 아들임을.

또 다른 이들은 두려움에 휩싸여 바리새인들에게 이 모든 일을 전했다.

바리새인들은 흥분과 공포 속에 중얼거렸다.

"우리가 무엇을 해야 하는가? 이 사람을 그냥 두면 모든 이가 그를 믿을 것이다. 그리하면 로마인들이 와서 우리의 자리와 나라를 빼앗아 갈 것이다."

그들의 목소리에는 나라를 잃을지도 모른다는 두려움과 분노가 뒤섞였다.

대제사장이 단호하게 말했다.

"한 사람이 백성을 위해 죽는 것이 마땅하다."

그는 자신도 모르게 내뱉었지만, 그 안에는 뜻밖에도 깊은 진리가 숨어 있었다.

예수께서는 진정으로 모든 인류를 구원하기 위해 죽음을 맞이할 운명이었으니. 그러나 그날은 아직 오지 않았다.

예수께서는 제자들과 함께 그곳을 떠났다.

어둠 속에서, 그분의 마음은 이미 다가올 고난과 영광을 묵묵히 품었다.

제36장

# 예루살렘 입성

다음 날, 아침 햇살이 언덕을 타고 내려오자 예루살렘은 술렁였다.

절기를 지키러 온 무리들은 먼 곳에서 들려오는 소문에 귀를 기울였다.

"그분이 오신다더라. 저 갈릴리에서, 나사렛이라는 마을에서 온 그분 말이야, 예수."

소문은 바람보다 빠르게 번졌다.

누군가는 뛰었고, 누군가는 속삭였으며, 아이들은 종려나무 가지를 꺾어 손에 쥐었다.

그들의 눈빛은 빛났고 심장은 박동처럼 외쳤다.

"호산나! 주의 이름으로 오시는 왕에게 복이 있도다!"

외침은 언덕 너머에서 메아리쳤고 하늘을 향해 퍼져 나갔다.

사람들은 환호하며 그의 오심을 기다렸다.

길가엔 사람들이 몰려들었고, 흙먼지가 이는 길 위에 자신들의 겉옷을 벗어 펼쳤다.

그들의 손은 조심스럽고도 단호했으며, 마음은 찬란한 기대와 무언의

기도로 가득 찼다.

그때였다.

예수가 나타났다.

그는 군마도, 병사도, 화려한 행렬도 없이 등장했다.

연약하고 겸손한 어린 나귀를 타고 있었다.

발걸음은 천천히, 확고히 나아갔다.

그는 사람들의 외침을 들었다.

외침엔 열망과 환호, 절박한 희망이 섞였다.

그의 눈빛은 군중 너머를 보고 있었다.

그의 입가에는 미소가 없었다.

그의 눈에는 눈물이 맺혔다.

예수는 도시 입구에 다다라 나귀를 멈추게 했다.

오래된 돌과 탑, 기도와 피로 쌓인 성, 예루살렘을 바라보며 눈물을 흘렸다.

그 누구도 눈물을 이해하지 못했다.

곁에 있던 제자들조차 울음의 무게를 짐작할 수 없었다.

그는 이미 알고 있었다.

그 성이, 그 사람들이, 머지않아 자신을 거부하리라는 것을.

돌로 된 도성이 무너질 운명에 놓였다는 것을.

사람들은 여전히 외쳤다.

"이 사람이 누구요?"

그들의 목소리는 서로에게 묻는 듯했지만 동시에 자신에게도 되묻는 것이었다.

어떤 이는 기대했고 어떤 이는 두려워했다.

무리 중 누군가가 크게 대답했다.

"이분은 나사렛에서 오신 예언자, 예수시다!"

그 대답은 고백처럼 울려 퍼졌다.

그러나 그 말의 진정한 의미는, 그 누구도 다 헤아리지 못한 채 종려나무 가지 사이로 바람처럼 흩어졌다.

**제37장**

# 성전 정화와 아이들의 찬양

햇빛이 기울 무렵, 예수는 다시 성전으로 발을 들였다.

그는 무엇을 보게 될지 알았다.

그러나 다시 마주한 광경은 첫눈에 보았을 때보다도 더욱 날카로운 슬픔으로 가슴을 무겁게 짓눌렀다.

하나님의 집이라 불리는 거룩한 공간은 여전히 장사꾼들의 목소리, 동물들의 울음, 동전 부딪치는 소리로 가득했다.

그 소리는 기도의 숨결을 덮고 경건한 침묵을 짓밟았다.

예수는 눈을 가늘게 떴다.

그러고는 한 걸음 한 걸음 앞으로 나아갔다.

그의 손은 탁자들을 뒤엎었고, 은화들이 굴러가며 대리석 바닥을 두드렸다.

비둘기 우리가 열렸고, 짐승들이 놀라 도망쳤다.

제사장들과 상인들은 어지러이 도망쳤으며, 그들의 입에는 당혹과 분노가 가득했다.

그 장면을 본 어린아이들이 있었다.

그들은 돈의 무게도 권력의 얼굴도 모른다.

아이들은 손에 종려나무 가지를 들고 망설임 없이 예수를 따라 성전으로 들어왔다.

그들의 눈은 크고 맑았고, 목소리는 바람처럼 맑았다.

그들은 외쳤다.

"호산나! 다윗의 자손에게 찬양을!"

그 노래는 성전의 허공을 채웠고, 어른들이 잊고 있던 단순한 진리를 하늘로 되돌려 보냈다.

기둥 사이, 바닥의 빛 위로, 찬양은 천사의 입술에서 나온 듯 울려 퍼졌다.

이 광경을 본 제사장들의 얼굴은 굳었다.

그들의 눈은 분노와 수치로 가득 찼고, 마음은 두려움과 질투가 어지럽게 얽혔다.

그중 한 사람이 예수께 다가와 분개한 목소리로 말했다.

"이 아이들이 무슨 말을 하는지 듣고 계십니까?"

그 질문은 꾸짖음처럼 들렸지만 자신들이 잃어버린 것을 본 자의 당혹이 서렸다.

예수는 그를 바라보며 대답했다.

"너희는 한 번도 읽어본 적 없느냐? '어린아이와 젖먹이의 입에서 찬양이 온전하게 나왔다'고."

그의 음성은 낮고 담담했지만 돌보다 무겁게 제사장들의 가슴에 떨어졌다.

그날 밤, 예수는 베다니로 돌아갔다.

마르다의 집에서 아무 말 없이 옷을 벗고 잠자리에 들었다.

창밖으로는 올리브 나뭇잎이 바람에 스쳤고 얼굴에는 피곤함보다 더 깊은 고요함이 깃들였다.

그는 아이들의 순수한 찬양만이…

그날 성전에서 들었던 유일한 참된 예배였다고 생각했을 것이다.

제38장

# 예루살렘에서 마지막 가르침

그 주의 날들이 천천히 흘러갔다.

예수는 날마다 동틀 무렵이면 고요한 발걸음으로 예루살렘성을 향해 길을 나섰다.

저녁이 되면 마르다와 마리아가 등불을 밝히고 기다리는 나사로의 집으로 돌아오곤 했다.

도성의 거리는 언제나처럼 분주했고, 성전은 번잡한 목소리들로 가득했다.

예수는 그 사이를 꿰뚫고 걸었고, 그의 음성은 회당의 돌기둥에 울려 퍼지며 제자들과 백성들의 귀를 깨웠다.

그는 사도들에게 깊은 것을 가르쳤고, 바리새인·서기관·제사장들과도 마주 앉아 말의 칼날을 교환했다.

어느 날, 한 제자가 성전의 흰 대리석 기둥을 가리키며 탄성을 내뱉었다.

"보십시오, 선생님. 얼마나 장엄한 건물입니까! 얼마나 찬란한 돌들입니까!"

예수는 그들의 눈을 따라 돌들의 탑을 가만히 바라보았다.

눈빛에는 슬픔과 통찰이 함께 있었다.

그는 조용히 말했다.

"이 화려한 것들 말이냐. 내가 진실로 너희에게 말하노니, 돌 하나도 돌 위에 남지 않고 다 무너질 것이다."

그의 말은 돌보다 무겁게 땅에 떨어졌다.

제자들은 서로를 바라보았고 말없이 고개를 숙였다.

그는 웅장한 그 너머를 보았다.

며칠 후에 예수는 성전 뜰 구석에 앉아 있었다.

그의 눈은 군중 사이를 훑다가 문득 조용한 걸음을 본다.

허름한 옷차림의 과부였다. 작은 손에 꼭 쥔 동전 두 닢을 꺼내 헌금함에 넣는다. 작은 금속 소리가 짧게 울렸다.

예수는 그 순간을 놓치지 않았다.

그는 제자들을 불러 말했다.

"이 가난한 과부를 보아라. 다른 어떤 이보다 더 많이 넣었다. 저 부자들은 남은 것 일부를 바쳤지만, 그녀는 삶을 유지할 마지막 동전까지도 바쳤다."

그의 목소리는 낮았지만 의미는 뼛속까지 스며들었다.

가난한 자의 선물을 하나님은 귀히 여기신다는 것. 많이 가진 자의 헌금보다 전부를 바친 마음을 더 깊이 받으신다는 것.

며칠 후, 그를 함정에 빠뜨리려는 무리가 다가왔다.

그들은 눈빛을 감추지 않았고 입에는 꿀을 바른 듯하나 심장엔 독이 가득했다.

그중 하나가 말했다.

"선생님, 우리가 로마 황제에게 세금을 바치는 것이 옳습니까, 옳지 않습니까?"

예수는 그를 바라보며 손을 내밀었다.

"내게 동전 하나를 가져오너라."

그들은 은화 하나를 꺼내 건넸다.

예수는 그것을 들고 물었다.

"이것에 새겨진 형상과 글은 누구의 것이냐?"

"카이사르의 것입니다."

"카이사르의 것은 카이사르에게 돌려주고, 하나님의 것은 하나님께 바쳐라."

대답은 그들의 올가미를 순식간에 끊어버렸다.

그들은 믿지 않았다.

그의 지혜를 보고도, 그의 능력을 듣고도, 그들의 마음은 여전히 닫혀 있었다.

사실 몇몇 지도자들은 그의 진실을 어렴풋이 알았으나 바리새인들을 두려워하여 입을 다물었다. 그들이 사랑한 것은 하나님의 진리가 아니라

사람들의 칭찬이었으므로.

그러던 어느 날, 성전 마당의 동편, 햇살이 기둥을 따라 비스듬히 떨어지던 때 이방인이자 진리를 찾는 헬라인 몇몇이 사도 빌립에게 다가왔다.

그들은 정중하게 말했다.

"선생님, 예수를 뵙고 싶습니다."

빌립은 안드레에게 이 사실을 알렸고 둘은 함께 예수께 나아가 그들의 뜻을 아뢰었다.

예수는 그 말을 듣고 고개를 끄덕이곤 자신 안의 시계가 마지막 시간을 알리는 종을 울린 듯 말했다.

"때가 왔다. 인자가 영광을 받을 때가 왔다."

그는 헬라인들에게 말했다.

자신을 따르는 자는 누구든지 하나님의 영광을 입게 될 것이며, 섬김은 헛되지 않으리라고.

예수는 하늘을 향해 두 팔을 들어 기도했다.

"아버지여, 당신의 이름을 영화롭게 하소서."

하늘에서 음성이 들려왔다.

그것은 천둥 같았고, 바람보다 날카로웠으며, 한 아버지의 따뜻한 속삭임처럼 들렸다.

"내가 이미 영화롭게 하였고 다시 영화롭게 하리라."

곁에 있던 사람들은 그것을 천둥이라 했다.

그러나 몇몇은 천사의 음성이라고 믿었다.

예수는 말했다.

"이 소리는 나를 위한 것이 아니라 너희를 위한 것이다."

그날 이후, 그 말을 들은 선한 헬라인들은 그가 바로 자신들이 오래도록 기다려 온 그리스도임을 의심하지 않았다.

그의 시간은 저물어가고 그의 목소리는 더욱 맑아졌다.

제39장

# 최후의 만찬과 배신 예고

그날 저녁, 성안은 어둠과 소란으로 뒤덮이고, 도시 저편에서 번지는 초롱불의 은은한 빛이 예루살렘의 골목을 채웠다. 예수께서는 사도들에게 말씀하셨다. 유월절을 함께 지낼 방을 준비하라고. 폭풍이 닥치기 직전의 고요함처럼 음성에는 슬픔이 깃들였고 누구도 의미를 가늠하지 못한 채 분주히 움직였다.

사도들이 준비한 방은 작고 단정했다. 등잔불은 벽에 잔잔한 그림자를 드리우며 하나둘 모인 사람들의 얼굴 위로 흔들렸다. 예수께서는 말없이 자리에서 일어나 외투를 벗고, 수건을 허리에 두른 채 물이 담긴 대야를 가져왔다.

사도들은 침묵했지만 그분이 한 사람씩 다가가 발을 씻기자 방안의 공기는 무겁게 가라앉았다. 수건이 발끝을 감쌀 때마다 그들의 마음이 꺾이는 듯했다. 예수께서 베드로 앞에 섰다.

베드로는 두 눈을 치켜뜨고 외쳤다.

"주여, 당신은 절대로 제 발을 씻으실 수 없습니다."

그의 말에는 당혹감과 저항, 속 깊은 충성이 뒤엉켰다. 그에게 예수는 하인이 아니었다. 감히 무릎을 꿇을 분이 아니었다.

예수께서 대답하셨다.

"내가 너를 씻기지 않으면 너는 나와 아무 상관이 없다."

베드로는 숨을 들이켰다. 그는 고개를 떨구며 말했다.

"주여, 그러면 제 발뿐 아니라 손과 머리도 씻어 주십시오."

예수께서는 미소를 머금은 채 그를 바라보셨다. 그러고는 아무 말 없이 그의 발을 씻고 수건으로 닦으셨다. 그분은 자신을 따르는 이들이 교만하지 않기를, 서로를 위할 줄 아는 사람이 되기를 바랐다. 가장 낮은 자의 모습으로 가장 높은 자의 사랑을 보여주셨다.

그날 밤, 그들은 식탁에 둘러앉았다. 식탁에는 떡과 잔이 있었고, 방안에는 알 수 없는 긴장감이 번졌다. 예수께서는 근심 어린 얼굴로 입을 여셨다.

"너희 중 한 사람이 나를 넘겨줄 것이다."

그 말은 방안의 공기를 가르며 떨어졌고, 사도들은 서로 얼굴을 바라보았다. 누가 그리할 것인가? 누구의 마음속에 어둠이 깃든 것인가?

베드로는 예수와 가까운 자리에 있던 요한에게 고개로 신호를 보냈다. 요한은 조심스레 몸을 돌려 물었다.

"주여, 그가 누구입니까?"

예수께서는 손을 뻗어 빵 한 조각을 소스에 적시며 대답하셨다.

"내가 빵을 적셔서 주는 자가 바로 그다."

그러고는 손에 든 빵을 유다에게 건넸다. 유다의 얼굴은 어두웠고 손은 머뭇거렸다. 예수께서 말씀하셨다.

"네가 하려는 일을 빨리하라."

유다는 아무 말 없이 자리에서 일어났다. 문이 열리고 어둠이 그를 삼켰다. 다른 이들은 그 장면의 의미를 제대로 이해하지 못했다. 누군가는 가난한 자들에게 무엇인가 주러 간 것이라 여겼다. 그 밤의 침묵 속에서 진실을 안 자는 예수뿐이었다.

시간이 흘렀다. 예수께서는 눈빛에 슬픔을 담은 채 말씀하셨다.

"오늘 밤, 너희 모두가 나를 버릴 것이다."

베드로가 벌떡 일어나며 외쳤다.

"선생님, 저는 당신과 함께 감옥에 가고, 죽을 각오도 되어 있습니다!"

열정 어린 말에 예수께서는 고개를 저으며 대답하셨다.

"베드로야, 내가 네게 말하노니, 오늘 닭이 울기 전에 네가 나를 세 번 부인할 것이다."

베드로는 대꾸하지 못한 채 눈을 깜빡이며 고개를 돌렸다. 방안에는 깊고 무거운 정적만 감돌았다. 누구도 그 밤이 세상의 전환점이 될 것임을 몰랐다.

## 제40장

# 겟세마네와 베드로의 부인

만찬을 끝내고 고요한 밤의 장막 아래에서 찬송가를 부르며 감람산으로 향했다. 초여름의 바람은 잎새를 흔들었고 별빛은 잎 사이로 흘러내렸다. 예수는 조용히 말씀을 건넸다.

"너희는 서로 사랑하라. 내가 너희를 사랑한 것처럼."

그 말에는 어떤 애틋한 슬픔이 배어 있었다. 감람산을 지나 '겟세마네'라는 동산에 도착했다. 거기서 예수는 늘 가까이 지내던 제자인 베드로·야고보·요한을 따로 데리고 가며 부탁했다.

"여기서 깨어 기도하며 나를 기다리라."

그는 조금 떨어진 바위에 무릎을 꿇고 엎드렸다. 마음은 무거웠고 육체는 괴로웠다. 땀은 피처럼 흘렀다. 그는 탄식하듯 기도했다.

"아버지, 가능하다면 이 잔을 내게서 옮기시옵소서. 그러나 내 뜻대로 마시고 아버지의 뜻대로 하옵소서."

그 말끝에 하늘에서 한 천사가 내려와 그의 곁에 섰다. 그러고는 조용히 위로의 손을 얹었다.

예수는 제자들에게 돌아갔으나, 그들은 피곤에 겨워 잠들었다. 그는 그들을 바라보았다.

"너희는 나와 함께 한 시간도 깨어 있을 수 없더냐?"

그의 목소리에는 책망보다는 연민이 담겼다.

"영은 원하되 육신이 약하도다."

다시 기도하러 간 그는 세 번째 돌아왔을 때 고요히 말했다.

"이제 자고 쉬라. 보라, 때가 왔다. 인자가 죄인의 손에 넘겨지느니라. 일어나라, 가자. 나를 넘길 자가 가까이 왔다."

그 말이 끝나자마자 등불과 횃불을 든 무리가 격렬하게 나무를 헤치며 다가왔다. 무리의 선두에는 유다가 있었다. 그는 다가와 웃으며 말했다.

"랍비여, 안녕하십니까."

그러고는 예수의 뺨에 입을 맞추었다. 예수는 그의 눈을 깊이 들여다보며 조용히 말했다.

"유다야, 네가 입맞춤으로 인자를 배반하느냐?"

병사들이 예수를 붙잡으려 하자 베드로는 격노하여 칼을 뽑아 대제사장의 종의 귀를 베었다. 피가 튀었고 그 자리에 긴장감이 감돌았다. 예수는 베드로를 만류하며 말했다.

"네 칼을 칼집에 도로 꽂으라. 칼을 가지는 자는 칼로 망하느니라."

그러고는 상처 입은 남자의 귀를 손으로 만졌다. 상처는 흔적도 없이 사라졌다. 어둠 속에서조차 그 기적은 또렷하게 느껴졌다.

제자들은 공포에 사로잡혀 모두 달아났다. 예수는 홀로 남겨졌고, 군사들은 그를 대제사장의 집으로 끌고 갔다. 그곳에는 서기관들과 장로들이 모여 그를 기다렸다.

요한은 예수를 따라갔고 베드로도 뒤따랐다. 그들은 대제사장의 집으로 몰래 들어갔다. 안은 어둡고 조용했지만 흐르는 기운은 차갑고 냉혹했다.

그들은 거짓 증인들을 불러 모았다. 헛된 말들이 오갔지만 아무도 예수를 진정으로 죄 있다 말할 수 없었다. 대제사장이 물었다.

"네가 하나님의 아들, 그리스도냐?"

예수는 고개를 들어 대답했다.

"내가 그니라. 너희는 인자가 전능하신 분의 오른편에 앉아 하늘 구름을 타고 오는 것을 보게 될 것이다."

그 말에 격분한 제사장은 겉옷을 찢으며 외쳤다.

"이자는 신성 모독을 하였다! 죽어 마땅하다!"

그러곤 사람들은 그의 얼굴을 가리고 손바닥으로 뺨을 때리며 조롱했다.

"누가 때렸는지 맞혀 보라!"

베드로는 안쪽 마당의 불가에 앉아 몸을 녹이고 있었다. 그는 예수의 신문 소리를 들으며 떨리는 손을 모닥불에 가까이했다. 하녀가 그를 알아보았다.

"당신도 저 사람과 함께 있었지요?"

베드로는 깜짝 놀라 고개를 저었다.

"나는 그를 알지 못하오."

또 다른 사람이 그를 지목했다.

"그대도 그의 제자 아니오?"

베드로는 얼굴을 붉히며 말했다.

"아니라니까! 나는 아니다!"

세 번째 사람이 말했다.

"이 사람은 확실히 갈릴리 사람이오. 예수와 함께 있었소."

베드로는 격분하여 소리를 질렀다.

"나는 그 사람을 알지 못한다고 했잖소!"

정적을 가르며 멀리서 닭이 울었다. 베드로는 그 소리에 몸을 떨었고, 예수께서 돌아서서 그를 바라보았다. 그 눈빛은 슬픔과 연민, 침묵 속의 이해로 가득 찼다.

베드로는 예수의 말씀이 떠올랐다.

"닭이 울기 전에 네가 나를 세 번 모른다 하리라."

그는 고개를 푹 숙인 채 달아나 참회와 수치에 휩싸여 깊이 울었다.

 **제41장**

# 유다의 회한

예수가 끌려가고, 군중이 웅성이며 조롱이 흘러넘치는 거리에서 멀지 않은 어둠 속에 유다가 있었다. 손에서 반짝이는 은화 삼십 냥은 쇠사슬보다 무거운 짐이 되었다.

그는 떨리는 손으로 은화를 꼭 쥐고 대제사장들의 처소로 달려갔다. 마음속 지옥의 불길을 꺼줄 마지막 우물이라도 되는 듯이.

그의 눈은 충혈되었고 입술은 바르르 떨렸다. 그들 앞에 무너져 내릴 듯 서서 가늘고 쉰 목소리로 외쳤다.

"내가… 죄를 지었소. 무고한 피를… 넘겨주었소."

제사장들은 그를 내려다보았다. 그들의 눈엔 측은함이라곤 없었고 냉소와 권태만이 떠돌았다. 그중 하나가 냉담하게 말했다.

"그게 우리와 무슨 상관이냐? 네 일은 네가 알아서 해야지."

그 말은 얼음처럼 차갑게 유다의 가슴을 꿰뚫었다. 그는 한마디 더 하지 못한 채 은화들을 집어 들었다. 그것은 한 줌의 돌덩이처럼 성전 안으로 던졌다. 은화는 성전의 돌바닥을 굴러가며 그의 양심이 무너져 흩어

지는 소리를 냈다.

유다는 성전의 문을 등지고 천천히 걸어 나왔다. 길거리엔 아침 햇살이 스며들었지만 그의 내면은 끝없는 밤이었다. 그는 사람들 사이를 헤매듯 지나 아무도 없는 들판의 나무 아래에 도달했다.

그는 마지막 결정을 내렸다.

하나님께서 인간에게 명하신바, 스스로 생명을 끊지 말라는 엄중한 금지조차 절망과 공포 속에서 유다는 외면하고 말았다.

그는 자신이 지은 죄의 무게를 견디지 못했고, 그 죄에 또 하나의 죄를 얹은 채, 아무 말 없이 세상을 떠났다.

그 마지막 장면은 긴 그림자처럼 남았다.

유다가 쥐었던 은화 삼십 냥은 성전 바닥에서 여전히 반짝였고 누구도 줍지 않았다.

사람의 마음이 얼마나 무서운 법인지 성전은 온통 침묵뿐이었다.

제42장

# 빌라도와 헤롯의 심문

날이 밝자, 도시에 희미한 안개가 깔렸고 예루살렘의 골목마다 긴장감이 감돌았다. 제사장들·서기관들·그들을 둘러싼 익숙한 얼굴인 야심가·기회주의자·분노한 무지의 대중 모두 하나같이 어두운 목적 아래 움직였다. 그들은 예수를 대제사장의 집에서 끌어내어 로마 총독부의 차가운 돌바닥으로 끌고 갔다. 유대는 로마의 지배 아래 있었고, 사형이라는 중벌을 결정할 권한은 총독에게만 있었기 때문이다.

그들은 빌라도의 관저 앞에 모였다.

빌라도는 그가 다스리는 땅의 법과 질서를 상징하는 회색 대리석 재판정에 앉아 있었다. 그는 무겁고 고된 표정으로 회중 앞에 나와 물었다.

"이 사람에게… 무슨 죄가 있는가?"

군중 사이에서 목소리가 쏟아졌다. 한 제사장이 혐오에 찬 얼굴로 외쳤다.

"그는 사람들을 그릇되게 가르쳤습니다! 카이사르에게 세금을 내지 말라고 선동하며, 자신이 그리스도요, 왕이라 주장하였습니다!"

빌라도는 눈살을 찌푸리며 다시 재판정으로 들어갔다. 거기엔 조용히 선 예수가 있었다. 상처 입지도 않았고 저항하지도 않았다. 그는 침묵 속에서 서 있었고, 그의 눈빛엔 어쩐지 심연 같은 고요함이 담겼다.

빌라도는 묻는다.

"당신이 유대인의 왕인가?"

예수는 그를 똑바로 바라보며 대답했다.

목소리는 작았지만 단호했고, 공기의 무게마저 바꾸는 듯했다.

"그렇다. 그러나 내 나라는 이 세상에 속하지 않는다."

빌라도는 당황한 듯 자리에서 일어나 백성에게 다시 나왔다. 그는 손을 들어 제지하려 했지만, 사람들의 불안은 불길처럼 번졌다.

"나는 이 사람에게서 아무 죄도 찾지 못했다."

대중은 이성을 잃은 듯 소리쳤다.

"그는 갈릴리에서부터 이곳까지 백성을 선동하고 있습니다!"

이 말을 들은 빌라도는 생각에 잠겼다. 그러다 예수가 갈릴리 출신이라는 사실을 깨닫고 안도의 숨을 내쉬었다. 갈릴리는 그의 관할이 아니었다. 그는 그를 그 지역의 통치자인 헤롯에게 보내기로 했다. 곤란한 문제를 넘기는 데에는 더없이 적절한 인물이었다.

헤롯은 예수가 온다는 소식을 듣고 기뻐했다. 정확히는 흥미로웠다. 그는 놀라운 기적을 기대했고, 권태로운 궁정의 하루에 흥미로운 오락거리가 생겼다고 여겼다.

그는 많은 말을 쏟아내며 예수에게 물었다. 예수는 대답하지 않았다.

세례 요한을 죽인 자, 정욕과 잔인함의 화신 앞에서 단 한마디도 하지 않았다.

침묵은 헤롯의 자존심에 불을 질렀다. 그는 얼굴을 일그러뜨리며 군사들을 손짓해 불러 예수를 조롱하라고 명했다. 병사들은 자주색 옷을 입히고 희희낙락하며 '왕'이라고 부르며 조롱했다. 그렇게 모욕을 가한 후 예수를 빌라도에게 돌려보냈다.

재판정은 어수선한 분위기로 가득 찼다. 제사장들과 서기관들은 거짓말을 덧대어 예수를 고소했고, 백성들은 그 소문에 취한 듯 함께 고함쳤다. 예수는 변명하지 않았다. 어떤 반박도 어떤 항의도 하지 않았다.

빌라도에게 한 사람이 다가와 비밀스레 속삭였다.

그의 아내였다. 그녀는 빌라도에게 전하라고 시켰다.

"그 의로운 사람에게 아무 일도 하지 마세요. 저는 그 사람 때문에 끔찍한 꿈을 꾸었어요. 밤새 괴로웠답니다."

그 말은 빌라도의 마음을 뒤흔들었다. 그는 마음속 깊은 곳에서 이 재판이 정의가 아닌 압력과 거짓에서 비롯된 것임을 알았다.

그는 마지막 수를 꺼내 들었다.

유월절이 다가오고 있었다. 로마인들은 이 시기에 유대인들이 요청하는 죄수 하나를 풀어주는 관례를 지켰고 그는 그 기회를 이용하려 했다. 빌라도는 백성에게 물었다.

"내가 예수를 채찍질하고… 그를 풀어주겠다. 어떠한가?"

군중은 이성을 잃었다.

제사장들은 틈틈이 백성을 선동해 한목소리를 이끌어냈다.

"아니오! 바라바를 풀어주십시오!"

바라바는 강도였고, 폭도였으며, 유혈 사태의 중심에 섰던 자였다. 군중은 그를 택했다.

정의는 외면당했다. 거짓·공포·무지가 손을 맞잡고 소리를 질렀고 진실은 말없이 서 있었다. 세상의 모든 침묵이 그 한 사람 안에 응축된 듯이.

제43장

# 십자가형 선고와 조롱

총독 빌라도는 무거운 한숨을 내쉬며 군중을 향해 물었다.

"그러면… 그리스도라 불리는 예수를 어찌하란 말이냐?"

답은 번개처럼 한목소리로 돌아왔다.

"그를 십자가에 못 박으시오!"

외침은 공기마저 떨리게 했다. 빌라도는 여전히 마음 한구석에 마지막 희망을 품고 있었다. 그는 예수의 죄가 아닌 군중의 격앙 때문에 사람이 죽는 것을 막고자 애썼다. 빌라도는 명령을 내렸다.

"그를 채찍질하라. 무자비하게, 그러나 죽이지는 말라."

병사들은 로마식 잔혹함에 따라 매듭진 가죽끈으로 예수의 등을 내리쳤다. 붉은 피가 살을 가르고 흘렀다. 그들은 또다시 예수를 조롱했다. 가시로 엮은 면류관을 만들어 그분의 머리에 억지로 눌러 씌웠고, 손에는 갈대를 억지로 쥐여주었다. 자주색 헝겊을 어깨에 걸치게 한 뒤 그 앞에 무릎을 꿇고 외쳤다.

"유대인의 왕이시여, 만세!"

그들의 경배는 비웃음이었고 무릎은 조롱이었다.

빌라도는 망가진 예수를 보며 사람들의 분노가 식기를 바랐다. 그는 피로 물든 예수를 끌고 와 외쳤다.

"이 사람을 보라!"

군중은 더욱 크게 소리쳤다.

"그를 십자가에 못 박으라!"

빌라도는 목소리를 높였다.

"너희가 데려다가 십자가에 못 박으라! 나는 이 사람에게서 아무 죄도 찾지 못했노라."

군중은 물러서지 않았다. 그들의 지도자들이 입을 열었다.

"우리에게는 율법이 있습니다. 그 율법에 따르면 그는 죽어야 마땅합니다. 그는 스스로를 하나님의 아들이라고 했기 때문입니다."

그 말은 바람처럼 빌라도의 귓가를 때렸다. 그는 등골이 서늘해지는 두려움을 느꼈다. 하나님의 아들이라고? 그는 즉시 예수를 다시 데려가 비밀리에 물었다.

"도대체 어디서 왔느냐?"

예수는 침묵하셨다. 고요 속에서 빌라도가 성을 내며 말했다.

"내게 대답하지 않는단 말이냐? 내가 너를 십자가에 못 박을 권한도 있고 너를 풀어줄 권한도 있다는 걸 모르는가?"

그제야 예수는 부드럽고도 깊은 목소리로 대답하셨다.

"당신에게 있는 권세는 위로부터 주어진 것이니라. 나를 넘긴 자들의 죄는 당신보다 더 크도다."

빌라도는 더더욱 그의 무죄를 확신했다. 그는 예수를 풀어주려 했다. 그러나 무리들은 마지막 칼날을 꺼내 들었다.

"그를 풀어준다면 당신은 카이사르의 친구가 아닙니다! 스스로를 왕이라고 하는 자는 카이사르를 거역하는 것입니다!"

이 말은 빌라도의 가장 깊은 두려움을 건드렸다. 잔인한 카이사르 황제의 분노는 단 하나의 밀고로도 충분히 불붙을 수 있었다.

군중은 점점 더 거세져 광장은 아비규환의 함성으로 뒤덮였다. 빌라도는 결국 항복하듯 물을 가져오게 했다. 모든 이들이 보는 앞에서 손을 씻으며 선언했다.

"나는 이 의로운 사람의 피에 대해 무죄하다. 너희가 알아서 하라."

과연 그 말은 진실이었을까? 아니다. 진실은 물로 씻은 손에 있지 않았다. 그는 선택할 수 있었고 진실을 따를 수도 있었다. 하지만 두려움은 그의 혀를 묶고 손을 무력하게 만들었다.

빌라도는 선한 사람을 죽게 내맡겼다. 겁쟁이가 되는 것을 부끄러워했어야 했다. 그는 자유보다 안전을 택했고, 정의보다 침묵을 선택했다. 그는 누구보다 더 깊은 죄의 물 속에서 손을 씻었는지도 모른다.

제44장

# 십자가에 못 박히시다

군인들은 그리스도의 겉옷을 벗기고 새로운 옷을 입힌 후 끌고 갔다. 무거운 십자가를 짊어지게 했지만, 그 무게는 상상 이상이었다. 얼마 가지 않아 예수께서는 그 무게에 숨이 막혀 땅바닥에 쓰러지고 말았다.

그들이 지나가던 행인에게 무거운 십자가를 대신 지우자 예수는 다시 길을 걸었다.

마침내, 그들은 사랑하는 예수의 손과 발을 굵은 못으로 십자가에 단단히 박았다. 그 전에, 고통을 조금이라도 덜기 위해 포도주에 몰약을 섞은 것을 마시게 하려 하였으나, 예수께서는 받지 않으셨다. 그 곁에는 어머니가 서 계셨고, 가장 사랑하던 사도 요한이 그녀 곁에 있었다. 그 광경은 어머니의 마음에 견딜 수 없는 슬픔을 내렸다. 고통에 신음하는 사랑하는 아들… 그러나 예수는 여전히 어머니를 잊지 않았다.

그는 요한을 바라보며 말씀하셨다.

"여자여, 당신의 아들을 보라."

다시 요한을 향해

"보라, 네 어머니를."

그때부터 요한은 어머니를 자신의 어머니처럼 돌보는 착한 아들이 되었다.

예수께서는 자신을 고통스럽게 십자가에 못 박는 사람들을 위해 하늘에 계신 아버지께 기도하셨다.

"아버지여, 저들을 용서하소서. 저들은 자신이 무엇을 하는지 알지 못합니다."

기도는 그들이 예수께서 하나님의 아들이심을 깨닫지 못했음을 의미했다.

그와 함께 양쪽에는 강도범 두 명이 십자가에 못 박혀 있었다. 한 사람은 악하고 다른 한 사람은 자신의 죄를 뉘우치며 간절히 예수께 용서를 구했다.

그에게 예수께서 부드럽게 말씀하셨다.

"네가 오늘 나와 함께 낙원에 있을 것이다."

낙원은 평화롭고 행복한 장소였다.

그러자 밤처럼 어둠이 세상을 덮었다. 침묵이 내려앉았고, 잔인한 유대인들은 예수를 조롱하는 것을 멈추지 않았다. 두려움이 그들의 마음을 잠식하였다. 어둠은 꼬박 세 시간이나 계속되었다.

빛이 돌아왔다. 예수께서 마른 목소리로 말씀하셨다.

"내가 목마르다."

군인들은 식초에 적신 스펀지를 갈대 끝에 매달아 그의 입술에 댔다. 예수께서 그것을 맛보고 나서 고개를 숙이며 선언하셨다.

"다 이루었다!"

그러고는 고요하게 숨을 거두셨다.

그 순간 땅이 크게 흔들렸고 도시 전체가 진동하는 듯했다. 가까이 있던 로마 백부장이 깊은 감동 속에 고백했다.

"이 사람은 참으로 하나님의 아들이었다."

**제45장**

# 십자가 하강과 안장

유대인들은 간절한 마음으로 빌라도에게 요청했다.

"제발, 예수와 그분과 함께 십자가에 못 박힌 이들을 내려주시옵소서. 내일은 우리의 안식일이니, 그전에 시신을 거두어야 하겠습니다."

빌라도는 귀찮은 듯했으나 그들의 요구를 무시할 수 없었다. 그는 사람을 보내 죽음이 확실한지 확인하게 했다. 예수께서는 숨을 거두신 상태였다.

병사가 창을 들어 그의 옆구리를 찔렀다. 피와 물이 흘러나왔다. 반면 도둑 두 사람은 아직 숨이 붙어 있었다. 군인들은 그들의 다리를 부러뜨렸다. 그들이 더는 달아날 수 없고 죽음도 빨리 찾아오리라는 냉혹한 계산이었다.

요셉이라는 부유한 유대인이 빌라도에게 조심스레 간청했다.

"제가 이 의로운 사람의 시신을 장사지낼 수 있게 허락해 주십시오."

빌라도는 마지못해 허락했다.

요셉과 밤중에 몰래 예수를 찾아왔던 니고데모가 조심스럽게 예수의

시신을 흰 아마포로 정성껏 감쌌다. 요셉이 마련해 둔 동산 속 무덤으로 옮겨 안치했다.

그들은 무덤 입구에 거대한 돌을 굴려 굳게 막았다. 그들의 두려움은 여전했다.

"경비병을 세우지 않으면 제자들이 시신을 훔쳐가고는 그가 다시 살아났다고 선전할 것입니다."

유대인들은 빌라도에게 간청했다. 빌라도도 마지못해 군인들을 보내 무덤을 지키도록 명령했다.

새벽녘, 모든 공포와 의심을 산산이 깨뜨릴 사건이 일어났다. 주님의 천사가 하늘에서 내려왔다. 그의 얼굴은 번개처럼 환했고 옷은 눈처럼 순백이었다. 그의 발걸음이 땅에 닿자 땅은 세차게 흔들렸다.

주님의 천사는 무덤 앞에 있던 무거운 돌을 굴려 치웠고 그 위에 우아하게 앉았다. 경비병들은 두려움에 질려 온몸이 굳고 거의 죽을 뻔했다. 급히 도망쳐버렸다.

제46장

# 빈 무덤과 부활하신 예수의 나타나심

동트기 전, 예수를 깊이 사랑하는 여인들이 조심스레 그의 시신에 향유를 바르러 무덤으로 다가갔다. 그들이 도착했을 때 믿기 어려운 광경이 맞이했다. 거대한 돌은 이미 치워졌고 무덤은 완전히 비어 있었다.

막달라 마리아는 숨죽인 채 베드로와 요한에게 달려가 놀라운 소식을 알렸다.

다른 여인들은 조심스럽게 무덤 안으로 들어가 눈을 부릅떴다. 그곳에서 눈부시게 빛나는 두 천사를 만났다. 두려움에 휩싸인 그들에게 천사들은 온화하게 말했다.

"두려워하지 마십시오. 당신들이 찾는 예수는 여기 없습니다. 그분은 살아나셨습니다. 서둘러 베드로와 다른 제자들에게 소식을 전하십시오."

천사들의 말을 듣고 여인들은 소식을 전하러 달려갔다.

그 사이 무덤을 지키던 경비병 몇몇은 도시로 들어가 대제사장들에게 상황을 보고했다.

"천사가 하늘에서 내려와 무덤 앞 돌을 굴려 치웠습니다."

이 말을 들은 제사장들은 두려움에 사로잡혀 장로들을 불러 모아 조언을 구했다.

그들은 병사들에게 거금을 쥐어 주며 말했다.

"제자들이 밤중에 시신을 훔쳐갔다고 말하라."

로마 병사들에게 거짓 증언을 강요하며, 빌라도가 그들을 처벌하지 않도록 자신들이 책임지겠다고 약속했다.

병사들은 죽음에 이를지라도 명령을 어길 수 없었다.

베드로와 요한은 막달라 마리아와 함께 무덤으로 돌아와 안을 들여다 보았다.

무덤은 비었고 아마포는 한쪽에 가지런히 접혀 있었다.

두 사람은 놀라움에 말을 잃고는 조용히 집으로 발걸음을 돌렸다.

마리아는 그러지 않았다. 그녀는 무덤 옆에 서서 서럽게 울었다.

그러다 문득 무덤 안을 들여다보니 두 천사가 마주하고 있었다.

천사들이 물었다.

"왜 우시나요?"

마리아는 떨리는 목소리로 대답했다.

"누가 내 주님을 데려갔는지 모르겠어요. 그분이 어디로 옮겨졌는지도 알 수가 없어요."

그녀가 말을 끝내고 돌아서려는데 놀랍게도 예수께서 그녀 곁에 서 계셨다.

그녀는 그가 누구인지 알아보지 못했다.

예수께서 조용히 물었다.

"왜 우느냐?"

마리아는 너무나 슬퍼 얼굴을 들 수 없었고, 그를 동산지기로 오해했다.

"선생님, 그분을 옮기셨다면 어디에 두셨는지 알려주세요. 제가 가서 모시겠습니다."

예수께서 부드럽게 그녀의 이름을 부르셨다.

"마리아야."

음성을 듣는 순간 마리아의 마음속 어둠은 사라졌고, 비로소 그분이 누구신지 알았다.

그 앞에 무릎을 꿇으며 그녀는 떨리는 음성으로 말했다.

"주님이십니다."

예수께서는 말씀하셨다.

"가서 내 형제들, 곧 제자들에게 전하여라. 내가 무덤에서 살아났으며, 곧 하늘로 올라갈 것임을 믿으라고."

예수께서는 슬픔에 잠긴 베드로에게 다가가셨다.

따스한 눈빛은 베드로가 느끼는 깊은 고통과 후회를 어루만지며 위로하였다.

**제47장**

# 엠마오로 가는 길과 도마의 믿음

그날 오후 해는 서서히 기울며 긴 그림자를 땅에 드리웠다. 예루살렘을 뒤로한 채 먼길을 걷는 두 제자의 발걸음은 무겁고 느렸다. 그들의 눈동자는 먼산을 응시하듯 초점 없었고 마음속 깊은 곳에서는 무언가 깨진 듯한 침묵이 흘렀다. 이슬이 이마에 맺히고 바람은 차갑게 스쳐 지나갔다. 모든 자연의 소리가 멀게만 느껴졌고 세상은 그들 곁에서 천천히 멀어지는 듯했다.

"무엇이 그리 깊은 슬픔을 안겨주었느냐?"

목소리는 낯설었지만 부드럽고 따스했다. 그들은 놀라 돌아보았다. 한 남자가 그들과 나란히 걷고 있었다. 그는 자신을 드러내지 않았으나 눈빛에서는 깊은 이해와 연민이 흘렀다.

두 제자는 말이 없었다. 말로 다 할 수 없는 아픔과 혼란이 그들의 마음을 짓눌렀다. 천천히 떨리는 목소리로 말했다.

"우리가 사랑했던 그분, 예수께서 돌아가셨습니다. 모든 희망과 빛이 꺼진 듯합니다."

남자는 고개를 끄덕이며 말했다.

"그분께서 걸으신 고난의 길은 끝이 아니었다. 그분은 죽음을 넘어서셨다. 너희가 잃었다고 생각하는 것은 잠시뿐 진실로는 새 생명이 시작된 것이다."

그 말에 두 제자의 심장은 얼음처럼 조금씩 녹았다. 희미하게 움트는 희망의 싹은 그들의 영혼에 따뜻한 빛을 비추었다. 그들은 떨리는 목소리로 청했다.

"함께 저녁을 나누어 주십시오. 우리와 잠시 머물러 주십시오."

남자는 미소 지으며 그들의 초대를 받아들였다. 함께 들어간 오두막은 노을빛으로 가득했다. 창밖으로 불어오는 바람 소리와 새들의 지저귐이 들렸다. 그가 빵을 들고 축복의 기도를 드리자 두 제자의 눈은 환히 빛났다. 그분임을 알았다. 기쁨은 잠시, 그가 어느새 사라져버린 것을 알게 되자 그들은 혼란에 빠졌다. 세상은 여전히 이해할 수 없는 신비로 가득 차 있었다.

급히 예루살렘으로 돌아온 그들은 닫힌 문 안에서 떨고 있는 제자들을 만났다. 그러고는 말했다.

"우리 주님께서 죽음을 넘어 부활하셨습니다. 베드로에게도 나타나셨습니다."

두 제자는 엠마오로 가는 길에서 겪은 신비로운 만남을 숨김없이 전했다. 목소리는 떨렸고 마음속 불확실함과 기대감이 교차했다.

방안에 빛이 가득 찼다. 예수가 그들 가운데 서 있었다. 그의 눈빛은 사랑과 평화로 가득했고 목소리는 바람처럼 부드러웠다.

"평화가 너희에게 있기를."

그는 손과 발에 박힌 못 자국을 보여주었다. 그 모습을 본 제자들의 가슴은 뜨겁게 뛰었다. 진실이 그들 앞에 있었다.

도마는 그 자리에 없었다. 그는 마음속 깊은 곳에 자리한 불신과 두려움에 사로잡혔다.

"그들은 착각하고 있어."

그는 낮은 음성으로 중얼거렸다.

"내 손가락을 그 못 자국에 넣어 보고, 내 손을 그 옆구리에 넣지 않고서는, 결코 믿지 않을 것이다."

일주일 후 첫째 날 아침, 문을 닫고 숨죽인 방안에 도마도 있었다. 문이 열리고 예수가 그들 한가운데로 들어섰다. 방안의 공기는 얼어붙었다가 곧 따스한 빛으로 가득 찼다. 예수는 도마에게 다가가 부드러운 음성으로 말했다.

"네 손을 내밀어 내 옆구리를 만져 보아라.

네 손가락을 이 못 자국에 넣어 보아라."

도마는 떨리는 손을 내밀었다. 온몸이 전율했고, 그의 마음은 그토록 갈구했던 확신으로 가득 찼다. 무릎을 꿇으며, 그의 목소리는 기도와 같았다.

"나의 주님이시며 나의 하나님이시니이다."

예수께서 미소 지으며 말했다.

"도마야, 네가 나를 보았기에 믿느냐? 그러나 보지 않고도 믿는 자들이야말로 참으로 복이 있느니라."

제48장

# 갈릴리 바다에서 나타나심

사십 일이라는 시간 동안, 부활하신 그분은 이 땅에 머물며 때로는 조용히 때로는 온 무리 앞에서 빛처럼 나타나셨다. 그 모습은 한 번 본 이들의 마음에 바람결처럼 은은히 스며들었고, 믿음이란 이름의 불씨를 다시 살려내곤 했다.

인생의 무게는 그 믿음마저 눌러버렸다. 몇몇 제자는 자신들의 일터로 각자의 현실로 돌아갔다. 그들 중 베드로·야고보·요한 그리고 도마·나다나엘이 있었다. 그들은 익숙한 갈릴리 호수의 잔잔한 물결 속으로 배를 몰아넣었다.

밤은 깊고 어두웠다. 하늘에는 희미한 별들이 떨었고 바람은 가만히 나뭇잎 사이를 지나갔다. 물 위에는 달빛조차 흐릿해 그들은 오롯이 자신의 고독과 싸워야만 했다. 끊임없이 그물을 던지고 끌어올리는데 그물은 차갑고 무겁기만 했다. 허공 같은 그물 안에는 단 한 마리의 고기도 없었다.

베드로의 마음은 조용한 좌절감으로 무거워졌다. 그는 밤새 자신의 손과 영혼이 허사였음을 깨달았다. 고된 노동에 찌든 얼굴에는 피곤과 실망이 뒤섞였다. 그러나 눈빛은 아직 꺼지지 않은 불꽃 같았다. 그 불꽃은 잃어버린 어떤 희망을 붙잡으려는 몸부림이었을 것이다.

동이 트기 시작했고 붉은 빛이 물결 위로 스며들었다. 바람은 차갑고 상쾌했으며, 해변에 이르러 그들은 한 인물을 보았다. 누군가는 그가 누구인지 알아차리지 못했다. 희미한 아침 햇살에 비친 그의 모습은 바다와 하늘 사이를 걷는 환상 같았다.

"고기 좀 잡았느냐?"

그의 목소리는 바람결처럼 부드러웠으나 분명한 힘이 담겼다. 베드로와 동료들은 서로를 바라보며 지친 목소리로 대답했다.

"아니오."

그는 침묵하지 않고 말했다.

"그물을 배 오른쪽에 던져 보아라."

망설임이 일었지만 베드로의 마음에는 희망이 일었다. 그물을 조심스레 던졌는데 놀랍게도 그물은 물고기로 가득 차 배가 흔들릴 정도였다.

요한의 외침이 바람을 가르며 퍼졌다.

"주님이시다!"

베드로는 숨이 멎는 듯한 순간을 뒤로하고 망설임 없이 바다로 뛰어들었다. 차가운 물은 피부를 얼얼하게 했지만 영혼은 그보다 훨씬 뜨거웠다. 물속에서 예수를 향해 헤엄치던 그에게 지난날의 모든 두려움과 회

한이 파도처럼 밀려왔다.

그가 도달하자 예수는 잔잔한 미소로 맞이했다. 그 미소는 베드로의 마음 깊은 곳에 숨어 있던 부끄러움과 고통을 어루만졌다. 다른 제자들은 물고기로 가득 찬 그물을 끌며 해변으로 돌아왔다.

해변에는 숯불이 이글거렸고 그 위에는 갓 잡은 물고기 몇 마리와 신선한 빵이 놓였다. 그 풍경은 오랜 친구가 기다리던 듯한 평화로움을 자아냈다. 베드로는 그 앞에 무릎을 꿇고 마음속 깊이 용서를 구하는 듯 고개를 숙였다.

예수께서 식사를 마친 그에게 부드럽게 물으셨다.

"네가 나를 이들보다 더 사랑하느냐?"

베드로는 마음의 벽을 무너뜨리고 고백했다.

"예, 주님. 제가 당신을 사랑하는 것을 당신은 아십니다."

예수의 눈빛은 따뜻했고, 그 속에는 치유의 힘이 가득했다.

"내 어린양들을 먹여라."

그 말에는 신뢰와 사명이 함께 담겼다. 베드로의 가슴은 벅차올랐으나 아직도 그가 짊어질 무게는 무거웠다.

예수께서는 다시 물으셨다.

"네가 나를 사랑하느냐?"

베드로는 진심을 다해 대답했다.

"예, 주님."

"내 양들을 돌보아라."

베드로는 세 번의 부인을 상기하며 깊은 슬픔에 잠겼다. 그 질문은 상처를 다시 건드렸고 마음은 무겁게 짓눌렸다.

"네가 나를 사랑하느냐?"

베드로는 감정을 추스르고 간절하게 말했다.

"주님, 당신은 모든 것을 아십니다. 제가 당신을 사랑하는 것을 당신은 아십니다."

예수께서는 다시 말씀하셨다.

"내 어린양들을 먹여라."

그리스도의 어린양들, 곧 세상의 연약한 영혼들을 위한 사랑의 사명은 이제 베드로에게 주어진 짐이었다. 그의 마음은 무거웠으나 그 안에는 새로운 힘이 움텄다.

예수께서는 베드로에게 마지막으로 말씀하셨다.

"네가 젊었을 때는 네가 원하는 곳으로 네 발길이 이끄는 대로 다녔지만, 이제는 네 손을 펴고 다른 이가 너에게 띠를 매어 네가 원하지 않는 곳으로 데려갈 것이다."

그 말은 예언이었다. 베드로는 가슴 깊이 느꼈다. 그가 맞이할 미래의 고난과 희생이 영혼에 새겨졌다. 그는 담담히 받아들였다. 자신의 삶이 주님의 뜻에 온전히 바쳐질 것을 알았기 때문이다.

잠시 침묵 속에 베드로는 친구 요한에 대해 물었다. 마음 한켠에는 요한을 향한 걱정과 애정이 있었다.

"주님, 저 요한은 어떻게 되는 것입니까?"

예수께서는 눈길을 돌려 부드럽지만 단호하게 답하셨다.

"내가 올 때까지 그가 머물기를 원한다면 그것이 너와 무슨 상관이냐?"

그 말은 베드로에게 묵직한 깨달음을 안겼다. 각자에게 맡겨진 길은 다르지만, 그 길의 끝에는 모두 주님이 계심을.

바람이 다시 한번 갈릴리 호수를 스쳤고 아침 햇살은 찰랑이는 물결 위에 은빛을 흩뿌렸다. 베드로의 마음 깊은 곳에 자리 잡은 슬픔과 희망, 두려움과 사랑이 뒤섞여 조용히 노래를 불렀다. 그는 알았다. 다시 시작되는 그의 사명이 바로 여기에 있다는 것을.

제49장

# 대사명과 승천

예수께서는 제자들의 무거운 마음을 감싸 안으시며 말씀하셨다. 세상의 끝에서 끝까지, 넓은 광야와 도시 골목 곳곳으로 가서 자신을 전하고, 사랑으로 세례를 주라고. 그 말씀이 그들의 영혼 깊은 곳에 잔잔한 파문처럼 퍼졌다. 희망과 두려움이 뒤섞인 새로운 길이 그들 앞에 열렸다.

그들은 함께 감람산으로 향했다. 산기슭의 올리브 나무들이 바람결에 흔들리며 시간마저 멈춘 듯했다. 햇살은 은은하게 나뭇잎 사이로 쏟아졌고 신성한 침묵이 그들 주위를 감쌌다. 그곳에서 예수는 부드럽고도 확신에 찬 눈빛으로 제자들을 축복하셨다. 그의 손길에서 전해지는 온기는 그 어떤 말보다도 위로가 되었다.

마침내, 그분은 한 걸음 한 걸음 하늘로 올라갔다. 천천히 사라지는 저녁 햇살처럼 한없이 부드럽고도 거룩하게. 구름은 천사의 망토처럼 그를 감싸 안았고, 어느새 그의 형체는 시야에서 사라졌다.

제자들은 그 자리에 얼어붙은 듯 멈춰 섰다. 그들의 눈은 아직도 하늘을 향했다. 마음 깊은 곳에서는 아득한 그리움과 미묘한 불안이 꿈틀댔

다. 누군가는 숨을 죽였고 누군가는 떨리는 손을 어루만졌다. 그들은 말 없이 하늘을 바라보았다.

조용히 다가온 두 천사가 있었다. 그들의 얼굴은 빛으로 환했고 목소리는 바람결에 실려 오는 듯 잔잔했다.

"어찌하여 그 자리에 멈춰 하늘을 올려다보느냐?"

잠시 고요함이 흘렀다. 시간이 멈춘 듯.

"너희 가운데서 하늘로 올려진 이, 예수는 사라지는 그 순간처럼 언젠가 다시 올 것이다."

그 말이 마음 깊숙이 스며들자 제자들의 얼굴에는 어둠을 걷어내는 빛이 피어올랐다. 두려움과 슬픔 속에서 움츠렸던 마음이 활짝 열렸.

기쁨이 그들의 가슴을 따뜻하게 채우며 한결 가벼워진 발걸음으로 그들은 예루살렘으로 돌아갔다.

그들의 영혼에는 다시 만날 그날에 대한 묵묵한 기다림이 자리했다.

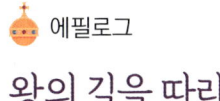 에필로그

# 왕의 길을 따라

그분의 생애는 마구간에서 시작되었고 십자가에서 끝나는 듯 보였다. 그것은 결말이 아니라 새로운 시작이었다. 예수는 단지 한 시대를 살아간 위대한 인물이 아니라 모든 시대를 비추는 영원한 빛이 되셨다. 그분은 역사의 한 페이지에 머무르지 않고 지금도 살아 움직이는 진리로, 위로로, 사랑으로 존재하신다.

이 책 읽기를 마치며 여러분은 한 가지 질문을 만날 것이다. '나는 이분을 누구라고 부르는가?' 누군가에게 예수는 신화 속 인물이고 누군가에게는 위대한 도덕 교사이기도 하다. 하지만 이 책이 보여주려 한 것은 한 인물의 전기가 아니라, 각자의 삶에 깊이 관여하시는 '왕중왕', 진리와 생명의 주라는 사실이다. 그의 나라는 세상의 질서와 다르고, 그의 통치는 두려움이 아닌 사랑으로 이뤄진다. 그의 권위는 억압이 아니라 해방이며, 그의 나팔 소리는 정죄가 아니라 회복을 부른다.

그분은 세리의 집에 머무셨고, 사마리아 여인의 목마름을 들어주셨으며, 눈먼 자의 눈을 뜨게 하셨고, 죄인의 손을 잡아주셨다. 그 모든 순간 사람들에게 묻지 않으셨다. "너는 자격이 있느냐?" 대신 그는 언제나 이렇게 물으셨다. "나를 믿겠느냐?" 이 질문은 여전히 우리 곁을 맴돈다. 믿음은 완벽함이 아니라 응답에서 시작된다. 그 응답을 통해 비로소 자신의 왕을 만난다.

이 책은 그리스도의 생애를 새롭게 조명하려는 소박한 시도였다. 너무 익숙해져 무심히 지나쳤던 그분의 말과 발걸음을 다시 바라보게 하려는 작은 불씨였다. 예수의 생애를 따라가며 단지 한 사람의 삶을 본 것이 아니라 그분의 사랑 안에서 우리의 삶을 되돌아본다.

이 여정에서 저마다 자기 안에 세워야 할 왕국을 떠올렸기를 바란다. 그것은 건물도, 제도도, 권력도 아니다. 그것은 이웃을 향한 이해의 마음, 고통받는 자를 향한 연민, 진실을 좇는 용기, 사랑으로 사는 결단이다. 예수께서 말씀하신 하나님 나라란 결국 우리 안에서 시작되는 작은 사랑의 실천에서 피어나는 왕국이기 때문이다.

이 책의 마지막 장은 곧 또 하나의 시작이다. 교회 안에서가 아니라 삶의 현장에서 만나는 예수, 제도나 형식이 아니라 관계와 실천 속에 살아계신 예수, 그분을 따라가는 길이 지금 여기서부터 열리고 있다. 누군가는 여전히 '이 땅에 무슨 왕이 필요하단 말인가?'라고 이야기할 것이다. 우리는 조용히 고백할 수 있다. '이 땅에는 진정한 왕이 필요하다. 진실과

사랑, 용서와 평화로 다스리는 왕이.'

'왕중왕', 그 이름 앞에 우리는 더는 고개를 높일 필요 없다. 그분 앞에 서는 머리를 숙이고 마음을 열 때 비로소 가장 높이 들어올려진다. 바로 그 자리에서, 우리는 저마다 작은 왕국을 넘어 하나님의 위대한 이야기 속으로 들어간다.

# 킹 오브 킹스

**초판 1쇄 발행** 2025년 08월 15일

**지은이** 찰스 디킨스
**편　역** 김성진
**펴낸이** 김호석
**편집부** 이면희 · 김영선
**마케팅** 오중환
**경영관리** 박미경
**영업관리** 김경혜

**펴낸곳** 도서출판 린
**주소** 경기도 고양시 일산동구 무궁화로 20-18 하임빌로데오빌딩 502호
**전화** 02-305-0210
**팩스** 031-905-0221
**전자우편** dga1023@hanmail.net
**홈페이지** www.bookdaega.com

**ISBN** 979-11-92575-33-9 03840

· 파손 및 잘못 만들어진 책은 교환해 드립니다.
· 이 책은 저작권법에 의하여 보호를 받는 저작물이므로 무단 전재와 복제를 금합니다.